いつものアレと違って、潤滑油を使っていないから内側が擦れる。
「やっ、嫌だっ。痛い、痛い!」

（本文より）

BBN
B•BOY NOVELS

灰の月　上

木原音瀬

イラスト／梨とりこ

この物語はフィクションであり、実際の人物・団体・事件等とは、一切関係ありません。

CONTENTS

灰の月 7
月に笑う　バレンタイン編 221
月に笑う　大晦日編 261

灰の月

★chapter 1

オパールグリーンの明るい壁に、黒の絨毯《じゅうたん》は趣味が悪い。足元が暗すぎて、穴の中に落ちていきそうな気分になる。

これだけ濃い色だったら汚れは目立たないだろうが、バランスよりも機能性を重視したせいで、空間全体の調和が乱されている。自分がプロデュースするなら、絨毯はセピア色……いや、もっと灰《はい》みの強いあま色がいい。

二一〇二の部屋の前、本橋惣一《もとはしそういち》はどうでもいいことを頭の中でこねくり回しながら、毛足の長い絨毯を踵《かかと》で擦った。急遽手配したホテルなので、今日は嘉藤《かとう》の確認が遅い。

ゴロゴロと何か重たい物を引きずる音が聞こえる。自分の両脇に控えていたボディガードが弾かれたように反応し、楯《たて》になる。屈強な男の背中に守られていても、勝手に体が震え出す。惣一は小刻みに揺れる腕を……痛みを感じるほど強く摑んだ。

廊下に現れたのはカートに荷物を載せたポーター。宿泊客らしき外国人の男女が後ろからついていく。……部屋に入らず、廊下に立ち尽くす男三人が気になったのか、男性が一瞬だけチラリとこちらに視線を向けた。

自分は兎《と》も角《かく》、ボディガードの二人はいかにもその筋《すじ》の者らしい顔をしている。典型的なヤクザ然とした人間を傍に置きたくないが、これればかりは仕方ない。インテリアではないので、必要な時に役に立たなければ意味はない。

それでも、少しでもヤクザ独特の雰囲気を薄めたくて、派手すぎない、それでいて小粋《こいき》なスーツを着せているものの、全体から滲《にじ》み出てくる裏社会の気配は消しようがなかった。

ボディガード付きで晒《さら》し者になるのは耐えられない。早く部屋の中に入りたい。ロビーで待っていれば目立たなかったが、危険だと言われた。不特定多数の人が出入りする場所はその分、ガードが難しくなると。

ガチャリと目の前のドアが開き、嘉藤が廊下へ出てくる。主《あるじ》を守る布陣《ふじん》に「どうした?」と眉を顰《ひそ》めた。

「人が来ました。他の部屋の宿泊客と従業員のようです」

ボディガードの返事を受けて「そうか」と嘉藤は浅く頷《うなず》き、ドアを開けたまま体を引いた。

「確認しました。惣一さん、どうぞ中へ」

んっ、と答え、室内へと足を踏み入れる。嘉藤の視線がチラと自分を見る。震えていることに気づいているはずだが、何も言わない。

コートも脱がず、真っ先にバスルームへと向かう。冷たい水で念入りに手を洗って口をゆすぐ。自宅のマンションに帰っても、ホテルでもそれは部屋に入って最初の儀式だ。普段と同じ事をしているうちに、ようやく気持ちも落ち着いたのか、体の震えが止まった。

周囲を見渡すだけの余裕が戻ってくる。シンクはガラス製でデザイン性が高く、カランは使いやすい形をしている。シャワールームとバスタブが独立しているのは当然だ。

最近できた外資系のホテルだが、五段階評価で四というところか。機能的な面は好感が持てるが、廊下の絨毯の趣味の悪さでマイナス一だ。

バスルームを出て、室内に戻る。部屋は広く、壁は白色で絨毯はグレーベージュとシンプル。調度品は全てダークブラウン、かつ直線的なフォルムで纏《まと》められている。布張りのソファに近づきながら黒のロングコートを脱ぐ。溶けた雪だろうか、水の飛沫《しぶき》が顔に散る。フッと指先が軽くなり、コートの重量が消えた。

「片づけておきます」

嘉藤は水滴のついたコートを軽く払い、クローゼットにしまった。よく気が利《き》く男で、たまに黒子《くろご》の如く存在を消すので、傍にいることに気づかなくて驚いたことが何度もある。

惣一は倒れるようにソファへ腰掛けた。張りつめていた緊張感が一気に抜け落ち、脱力する。頬がヒクヒクと痙攣《けいれん》するのは、会合で必要に迫られて愛想を振りまいた後遺症。人と話をすること、互いの腹を探り合う駆け引きは好きだが、それも程度による。しかも今日集まっていたのは、悪魔よりも腹黒い連中ばかりだ。

「……雪がまたひどくなりましたね」

嘉藤がカーテンを少しだけ捲り、窓越しに外を見ている。

「天気予報では夜半過ぎには止《や》むとありましたが、朝にならないと道路状況はわかりませんね。もうしばらく足止めを食らうかもしれません」

明日は予定を入れていないのが幸いした。いや……嘉藤が入れないよう調整した。使える人間だからこそ自分は傍に置いているが、最近はこの男がいないと自分の仕事が回らなくなるのでは

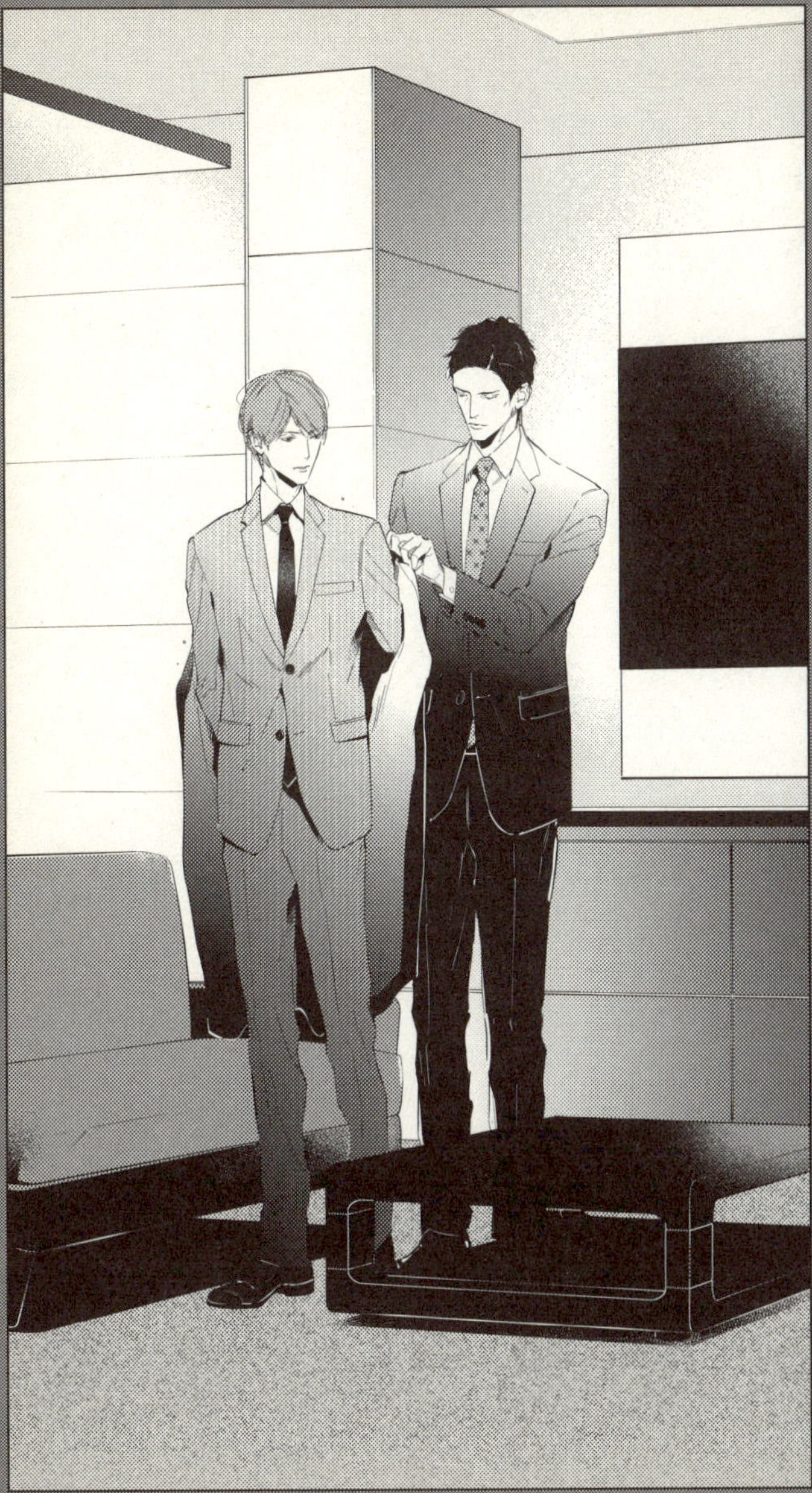

ないかと危惧《きぐ》している。

気配を消し去る男が着ている黒に近い濃紺のスーツは、惣一が馴染みのテーラーで仕立てさせた。背が高く、肩幅の広い男の体によく似合っている。今年四十三になるはずだが、その背中に歳を重ねたが故《ゆえ》の緩みは一切感じられず、ほどよく引き締まり、厚みがある。男の色香が備わった肉体。この世代の理想の形ではないだろうか。

振り返った男と視線がぶつかる。不躾《ぶしつけ》に見ていたのがきまり悪く、不自然にならないよう顔を逸《そ》らした。

「お休みになりますか?」

返事をする前に、腹がグーッと小さく鳴いた。静かな部屋の中で、間抜《まぬ》けに空腹を訴える。耳たぶがカッと熱を持つ。

「何か食事を運ばせましょうか?」

生真面目《きまじめ》な声が問いかける。腹の虫を聞かれたぐらいで恥ずかしがっても今更だ。この男は自分の全てを知っている。

「……そうだな。軽い物を」

内線で注文されるルームサービスのオーダーを聞きながら、グズグズとソファに沈み込んだ。靴も脱いで、行儀悪く蹴り飛ばす。

「お疲れでしたら、先に一眠りしますか?」

首を横に振る。夜中に腹が空いて目が覚めるほうが鬱陶《うっとう》しかった。

……惣一の所属する本橋組《もとはし》は、指定暴力団蘭央会《らんおうかい》の下部組織になる。今回、本橋組の組長である父親の代理として、蘭央会組長の出身地である名古屋《なごや》で行われた会合に出席していた。

高級老舗《しにせ》旅館で、蘭央会幹部の錚々《そうそう》たる面々と顔を突き合わせて酒を飲む。一癖も二癖もある連中の相手は神経を使う。出された会席料理には箸《はし》をつけたが申し訳程度で、味わうような余裕はなかった。

会合が終わったのは、夜も更《ふ》けてから。懇意《こんい》にしている組長に行きつけのクラブへ行かないかと誘われたが、ありもしない明日の弔事《ちょうじ》を理由に断った。

新旧織り交ぜた大勢の古狸《ふるだぬき》から逃れて車に逃げ込む。やれやれと一息ついていると、助手席に乗り込んだ嘉藤が「雪がひどくなって高速道路が通行止めになりました」と告げた。

傍にいたのに、クラブに誘われていた時はそんなことなど一言も言わなかった。通行止めになると、車で東京に帰れない。国道を走ることもできるが、急ぎの車が集中して、大渋滞になることが予想される。泊まるほうが賢明だ。そうなるとクラブの誘いを断る理由がなくなってしまう。嘉藤は理由をつけて断ろうとしていた自分の意図を察したのだ。

雪に足止めを食らい、急遽手配した宿がここ。部屋はツインで嘉藤と同室。ドアの外にはボディガードが二人、そしてホテルの入り口にも二人配置してある。八人の専属ボディガードに交替で昼夜問わず警護をさせる。組長クラスでも滅多《めった》に見ない鉄壁の守りだ。

人から「神経質」「玉なし」とどれだけ揶揄《やゆ》されようと、人で幾重にも自分をガードしていないと外を歩けない。嘉藤が傍にいなければ、初めて宿泊するホテルで眠ることなどできないだろう。

目を閉じる。ヤクザ然とした輩《やから》は嫌いなのに、そういう部下を配置して自分を守らせる。昔はもっと自由に、身軽に動いていた。こうなってしまったのは五年前の「あの事件」が原因だ。断片を思い出すだけで、今でも胃の底がキリキリと痛み吐き気が込み上げてくる。

あの頃は嘉藤ともう一人、山田《やまだ》という若い組員の二人しかボディガードをつけていなかった。組長の息子という立ち位置でも、表立って目立つ役職にはついていなかったし、自分が株価を操作して本橋組の活動資金を捻出《ねんしゅつ》しているとは知らない輩が殆《ほとん》どで、外から狙われる理由はなかった。

加えて自分は痩《や》せて背が高い。そこそこ顔も整っていて、学生の頃は渋谷《しぶや》や新宿《しんじゅく》の駅前を歩けば必ずスカウトに捕まった。いかにも跡目然とした、これ見よがしのいかつい容姿はしてない。

大学卒業を控えて暇つぶしに就職活動をした時も、大手企業の内定がすんなりと取れた。父親はカタギになってもいいと言っていたが、敢《あ》えて裏社会に足を踏み入れた。幼い頃からヤクザの父親を見て育った。家にヤクザがいるのは当たり前。そして傅《かしず》くよりも絶対的な力を持って人を使う側になりたかった。

常識という概念は心底くだらない。裏の世界でも表の世界でも、絶対的な「力」を前に常識は簡単に覆《くつがえ》る。ヤクザになることに何の疑問も持たなかったが、昔ながらの風習にだけは辟易《へきえき》した。

義理事の多さは仕事と思えば割り切れるが、組長というだけで、屈強なボディガードをぞろぞろと従えて歩くのは見ていて滑稽《こっけい》だった。今では組同士の、血で血を洗う抗争は影を潜めているのに父親が側近を連れ歩くのは、抗争が激化していた時代の遺物だとその時は思っていた。

大学を卒業後、本橋組のフロント企業に入った自分に、父親がボディガードにと強引に押しつけてきたのが幹部候補の嘉藤だった。必要もないし断りたかったが、父親にも面子《メンツ》がある。そのうち理由をつけて返すつもりで、いったん傍に置いた。馴れ合うつもりはなかったので、最初のうちは仕事も与えず、口もきかなかった。

無視しても、嘉藤は影のように自分に付き添った。そのうち頭の回転が速く、細やかな気配りのできる男だと気づいた。資金集めの雑事が多くなってきたこともあり、ボディガードというよりも事務員として使い始めたところ優秀で、あれもこれもとやらせているうちに、奴がいないと回らなくなるほど仕事を任せてしまっていた。

嘉藤が多忙になったので、ボディガードといった外回りの雑事を軽減してやるために、組から山田という男を借りてきた。山田はどんなにスーツや髪型で取り繕っても、打ち消せない安っぽさが全身から滲み出していたが、圧迫感のあるタイプではないので、傍において不快にはならなかった。車の運転ができ、クスリをやらず、危険が迫った時に吠えることさえできればいい。雑種の番犬、頭の悪いチンピラに多くは望まなかった。

自分の中で「人」ですらなかった山田への見方が変わったのは、地上げ目的で潰した老舗文具店の息子に襲われたことがきっかけだった。最初は何が起こったのかわからず、腕から血を流す山田をぼんやりと見ていた。しばらくしてから、ようやく自分は雑種の番犬に、身を挺《てい》して守られたのだと気づいた。その時、胸に湧き上がってきた喜びに似た感情は、言葉では言い表せない。

ボディガードなど誰でもできる、かわりはいくらでもいると思っていたが、山田がいい。嘉藤同様、この男を傍に置きたいと考えるようになった。

犬から人に格上げして山田という男を見ると、嘉藤ほど頭が切れるわけではないが、この世界に沈み込んでいる割に馬鹿な見栄も張らず素直だった。このまま自分の傍で飼い、組を継ぐ頃には幹部に取りたててやろうとまで考えていたのに、殺せと命じていた男を逃がして自らも逃走した。気に入っていただけに失望は大きく、怒りが爆発した。

裏切り者には制裁を。嘉藤に指揮を執《と》らせ、本橋組の組員を総動員して山田を捜索した。草の根分けてでも見つけ出し、痛めつけ、泣き叫んで土下座し、許しを乞わせなければ気がすまない。

逃げ出して三日目、山田の居所がわかったという情報が入った。

「私が行くと、あなたの警護が手薄になります」

渋っていた嘉藤を、無理に行かせた。他の者に任せるよりも確実だと思ったし、他は誰も信用できなかった。

その日は、今日と同じように雪が降っていた。嘉藤と運転手は山田の捜索に向かわせて東京におらず、自分で車を運転して夕食を兼ねた打ち合わせに出かけた。

酒を飲んだので、帰りは父親付きの組員を一人借り受け、車を運転させた。「タクシーや代行は使わないでください」と嘉藤にきつく言われていたからだ。以前は話半分に聞き流していたが、老舗文房具店の息子の件があってから、自分でも危機管理を持つようになっていた。

マンションに帰り着いたのは、午後十時過ぎ。運転手をさせた組員は、駐車場に車を置かせたあとで帰した。

他に人がいないのか、エレベーターは自分の利用階まで止まらなかった。ゴゴッと扉が開くと、ホールと廊下に人影がないか確かめる。嘉藤に口うるさいほど注意されているせいで、辺りを窺《うかが》うのは習慣化しつつあった。

いつも通り、人の姿がないことを確かめて部屋に向かう。ドアノブの下にカードキーをかざすと、カチャリとロックが解除された。重たいドアに手を掛け、手前に引く。近くで同じようにドアが開いた音は聞こえていたが、気にならなかった。同じ階の住人と顔を合わせる機会がないわけではなかったし、あと一歩で部屋に入れるという安心感が警戒心を鈍《にぶ》らせていた。

ドアの内側に体を滑り込ませた瞬間、背中を押された。強い衝撃で前のめりに廊下へ倒れ込む。腹と腕を打ちつけ、痛みに顔を歪《ゆが》めながら振り返ると、ドアから複数の影が部屋に押し入ってくるのが見えた。玄関のドアがガチャンと閉まり、辺りは真っ暗になる。

「おい、明かりはどこだ」

男の怒鳴り声。こいつらは何だ？　こんな時間に泥棒か？　それとも他の組の人間……一瞬で脳裏に色々なパターンがシミュレーションされる。

複数相手だと腕力のない自分に勝ち目はない。とにかくこいつらから離れないと……部屋の奥へ逃げ込もうと慌てて踏み出した右足が滑り、膝を突いた。

廊下がパッと明るくなり、四つん這いになっている自分の両手が見えた。誰かがスイッチの場所を見つけたのだ。

「おい、捕まえろ！」

振り返る前に背中に飛び乗られた。その重みに両腕が耐え切れず、ベシャリと俯《うつぶ》せになる。背後からの重みと床に挟まれ胸がぐうっと圧迫される。苦しい。

「お前……たち、何……」

押さえつけられたまま右腕をとられた。肩を動かして抵抗すると背後にねじり上げられる。

「いいっ、痛いっ!!」

叫んでも力は緩まない。左腕も同じように背中に回され、拘束された。ビクとも動かなくなる。

「よし、これでいいだろ」

目の前にガムテープが無造作に放り出される。両腕の自由を奪ったのはこれだ。

「こいつ、チョロいな」

ガッと腰を蹴られて、蛙《かえる》のように前へつんのめり、顎《あご》を強打した。……まずい、完全にまずい。

髪を鷲摑《わしづか》みにされ、頭がグワッと持ち上げられた。後ろ向きのまま引きずられる。

「いっ、痛い……痛い……やっ、やめてくれっ」

暴れれば暴れるだけ頭皮が引っ張られて痛む。廊下の奥にあるリビングまで引きずられ、ソファの傍に放り出された。乱暴な指が離れても、頭皮が痛みの余韻でジンジンと痺れる。

顔を上げた自分の前に、三人の男が壁になりそびえ立っている。右端のブルゾンの男は二十代半ば、痩せて背が高く、狐《きつね》のように細い目をしていた。真ん中に立っている男は三十前後で眼鏡をかけた坊主頭。左端の男はこの中では一番若くて小太り、青いスウェット姿だ。全員、目つきが悪く、全身から滲み出るやさぐれた雰囲気に裏社会の匂いを感じる。その筋の奴らだと確信した瞬間、体からザッと血の気が引いた。

「こんな優男が本橋組の跡目か？」

眼鏡の坊主頭が目を眇《すが》め、這いつくばる自分をじっと見下ろしている。

「頭だけが取り柄のボンですからね」

狐目の痩せた男が腰を蹴ってきた。追い打ちをかける痛みに、歯を食い縛る。

「おい、こいつスマホか何か持ってんじゃないのか」

坊主頭が親指で自分を指さす。

「持ってても、腕がコレじゃ使えないでしょ」

狐目は肩を竦《すく》めた。

「万が一ってことがあるからな」

坊主頭は屈み込むと、惣一のジャケットの内ポケットを探った。スマートフォンに触れる。それなのに取り出さない。口許をニヤつかせたまま、シャツ越しに胸許をゆっくりとまさぐってくる。肉感を味わう指の動きに、背筋がゾワッとする。気色悪い。

「んっ、おかしいなあ」

呟《つぶや》き、坊主頭は胸許から手を離した。今度はスラックスのポケットに手を入れてくる。ヒップラインが崩れるので、そこには何も入れていない。見ればわかるのに、しつこくポケットをさぐり、股間を布越しに撫でてきた。嫌悪感と屈辱が同時に込み上げ、逃れるように腰を揺らした。

首をねじって睨《にら》みつけると、坊主頭は舌先で唇をべろりと舐めた。

「あぁ、やっぱりこっちだったか」

坊主頭はジャケットの内ポケットからようやくスマートフォンを取り出し、顔の横に掲げて狐目を振り返った。

「おい、早乙女《さおとめ》。コレどうする？　電源切っとくか？」

狐目は「んーっ」と小さく唸《うな》った。

「電話もかかんないと逆に怪しまれるかもしれないから、そのまま放っときましょうや」

「だな」

坊主頭はスマートフォンをダストボックスにポンと放り込んだ。狐目の男の名前は早乙女というらしい。それだけわかった。

これからどうするつもりなんだろう？　三人はどこの組の人間で、目的は何だ？　組同士の小競り合いは多少なりともあるが、組長の息子である自分が巻き込まれるほどのでかい「揉《も》め事」があったとは聞いてない。

「お前たちは何が狙いなんだ」

聞こえているはずだし、三人ともこちらを見たのに無視される。

「おい、シゲ」

早乙女に呼ばれ、小太りでスウェットの男が振り返る。この男の名前はシゲだ。

「……適当に部屋を荒らして、金目のものを取ってこい」

シゲは「ういっす」と返事をし、リビングを出ていった。こいつらがただの物取りのわけがない。どう考えても偽装工作だ。

「さて……っと」

息をつき、早乙女が惣一の目の前で膝を折った。髪を摑まれ、乱暴に顔を上向かされる。笑っている狐の細い目と真正面から視線がかち合う。

「久し振りだな」

こいつ、顔見知りか？　不自然に薄い眉毛、隙間だらけの前歯……品のないチンピラ顔は記憶にない。

「お前は誰だ？」

途端《とたん》、男の顔が豹変《ひょうへん》した。髪を摑まれたまま右、左と激しく平手打ちされた。眼の奥に火花が飛び、口の中に鉄臭い液体が溢《あふ》れる。「痛い」と口にする暇も与えられない。

長男で一人っ子、誰かを叩いたことはあっても、叩かれたことはない。親にも手を上げられたことはなかった。

「本橋組のボンは、下っ端《ぱ》の組員のことなんかいちいち覚えちゃいねえってわけか」

恨みがましい声が、鼓膜に絡みつく。

「見ろよ」

惣一の目の前で、早乙女が左手を開いた。小指の……第一関節から先がない。

「あんたに落とされた指が、夜になるたびジクジク痛むんだよ」

「僕は、人の指を切り落としたことはない」

ああっ、と早乙女は甲高い声を上げた。

「しらばっくれんじゃねえ！　お前が組のモンに命令したんじゃねえか！　俺の指を魚のエサにしやがったこと、一生忘れねえぞ！」

ようやく記憶に引っかかるものがあった。歌舞伎町《かぶきちょう》にある組事務所、リンチを受けていた薬中のバイヤーが、逃げ出そうとして自分にぶつかった。……服を汚した。

自分はその男にケジメをつけさせるよう部下に命じた。それだけのことだ。殴られて血まみれになっていた顔などまともに見ていなかった。

「指を落とされたことを恨んで、こんなことをしてるのか」

「恨み？」

頭を傾げ、早乙女はコキッと首を鳴らした。

「そうだよ。お前は忘れちまってたかもしれないけどなっ！」

間近で怒鳴られ、顔に唾が散る。……頭が悪そうだと思っていたが、想像に違わない。この男は自分の落ち度で小指をなくしたのを逆恨みして、組からの制裁があるのを承知で組長の息子に手を出してきたのだ。

早乙女はもちろん、背後で静観している坊主頭も、部屋を出ていった小太りのシゲも歌舞伎町の事務所で見た記憶が無い。雰囲気は立派なヤクザだが、ただのチンピラという可能性もある。仲間といっても、金の切れ目が縁の切れ目。主導権のありそうな坊主頭を懐柔《かいじゅう》すれば、この状況から抜け出すことができるかもしれない。

「……そっちの眼鏡のお前、いくらほしい？」

目の前の早乙女を無視し、惣一は坊主頭を相手に交渉を始めた。

「僕を痛めつけて小金を奪っても、あとで大事《おおごと》になるだけだ。これ以上、暴力をふるわないと約束するなら、お前に好きなだけ金をやる。一千万でも二千万でも、ほしいだけ言ってみろ」

これだけ提示したらこちらに寝返るだろうと期待する。眼鏡の坊主頭は腕組みしたまま「ヒュッ」と口笛を吹いた。

「だとよ～どうする？　早乙女」

怒り出すかと思ったが、早乙女は無言で摑んでいた髪から手を離した。そしてブルゾンの内側に手を入れると、煙草でも吸うさりげなさで「それ」を取り出した。

右手に握られているのは、拳銃だった。銃身が長く太い……その銃口はまっすぐ自分の額に向けられている。死が明確な形になって目の前に現れた途端、口の中が乾き、全身からブワッと冷たい汗が噴き出した。

「……金なんかいるか」

ボソリと吐き捨て、早乙女はトリガーに指をかけた。その目には何の感情も見えない。体が……裸で真冬の路上に捨て置かれたようにガタガタと震え出す。本気だ。本気で……たかが指一本のことでこいつは人を殺そうとしている。

「うっ、うっ……うた、うた………」

かつて経験したことがない恐怖に支配され、呂律《ろれつ》が回らなくなった。絶対の凶器を持った男は、うっすらと微笑んでいる。

「……うた、うた、うた………撃たないでっ……」

沈黙は長く、そして銃口は逸らされない。額に浮かんだ冷や汗が、スッと頬をつたって落ちる。

「安心しな。殺しやしねえよ」

ようやく黒光りする銃口が額から逸れた。

「銃で一発なんて、楽にはなっ！」

早乙女は右手を上げた。弧《こ》を描くように振り下ろされた拳銃でこめかみを殴られ、惣一は「ひっ」と悲鳴を上げて右に倒れた。脇腹を蹴られて俯せにされる。殴られたこめかみが痛い。脇腹も痛い、痛い、痛い、痛い、痛い……目尻に涙が浮かんでくる。どうしてこんな時に嘉藤がいない？　静岡にいるからだ。自分を一人にするのが心配だと言っていた男を、無理に行かせたのは自分だ。自分だ。自分で……。

「おい、ケツを上げろ」

何を言われているのかわからない。わかるけれど理解できない。動けないでいると、尻を蹴られた。

「膝を立てて、ケツを上げろっ！」

痛いのは嫌だ。羞恥よりも痛みに耐え切れず、命じられるがまま膝を立て、腰を上げた。ベルトに手がかかり、どこかに引きずっていかれるのかと思っていたらそれを緩められ、スラックスを下着ごと膝までずり下ろされた。

生肌にひやりとした感触。仕置きされる子供のように尻を晒《さら》された状態が恥ずかしい、情けない。

俯せになった尻の狭間《はざま》、最奥《さいおう》の窄《すぼ》まりにいきなり冷たいものを押しつけられる。ギョッとしてビクンと体が震えた。

「何をする気だっ」

暴れると「動くな」と背中に固い物があたった。

「背中から心臓ぶち抜かれたくなかったら、動くんじゃねえ」

言葉に縛られ、全身が石のように固まる。銃が背中から離れても、それは変わらなかった。強引にグッとねじ込まれる。自分の中に侵入してくる無機物の感触に耐え切れず、惣一はじりじりと前に這いずった。

「逃げんじゃねえ」

太股を摑んで引き戻された。無機物は容赦なく中を犯してくる。いつものアレと違って、潤滑油を使っていないから内側が擦れる。

「やっ、嫌だっ。痛い、痛い！」

固いものがズッ、ズッと内臓を抉《えぐ》る。身悶《みもだ》えていると、眼鏡の坊主頭に上から肩を押さえつけられた。両手は背中で縛られたままなので、上半身を押さえ込まれると身動きが取れなくなる。

「すんません、兼山《かねやま》さん」

「別にいいけどよ」

肩を押さえる眼鏡の坊主頭、兼山の手に、ぐっと力が入った。

「こりゃまたすげえカッコだな。ケツから銃が生えてるみたいだぜ」

背後で、ククッと押し殺した笑い声が聞こえた。

「こいつ、ペニバンでケツを犯されないとイけないド変態なんですよ。もうどうしようもないって君嶋《きみじま》は言ってましたね」

裏切り者の名前。自分の子飼いの仕手師《してし》だった君嶋。儲《もう》けをかすめ取るタチの悪さ、醜《みにく》い容姿に辟易し、山田に殺すよう命じた。その山田が君嶋を逃がして、自身も行方をくらませた。

この男たちは君嶋と繋がっていて、奴から自分の情報を得たのだ。それなら近くの部屋に潜《ひそ》み、家に入る直前に襲われたのも納得できる。けれど本橋組のターゲットになった君嶋が、本橋組の早乙女に助けを求めるだろうか？　自分が君嶋なら、本橋組と敵対している組へと命乞いをする……そこまで考えてようやく気づいた。

早乙女は本橋組に見切りをつけて、別の組、敵対している組に入ってるんじゃないか。肌が合わず、または問題を起こして組を渡り歩く節操のないチンピラヤクザは多い。

ぐりっと内臓を擦る……覚えのある感触に、惣一は現実に引き戻された。

「ペニバンに感じる変態だったら、銃でケツを犯されても気持ちいいだけじゃねえのか？」

兼山の声に、尻をかき回す動きが激しくなる。引きつれるような痛みが強くなり、惣一は「痛い、痛い」と呻いた。にじむ涙に、景色が霞《かす》んで見える。

「おいおい、少し手加減してやれよ。泣いてるじゃねぇか」

銃身が引き抜かれる気配を感じ、体の力が緩む。それを待ち構えていたタイミングでズイッと深く挿入されて「ひいいっ」と喉の奥が鳴った。

「こいつ、女みたいな声で喘ぎやがるな」

兼山は摑んでいる肩を緩く揉んでくる。背筋からゾワゾワと虫が這い上がってくるような嫌悪感。指の動きが気持ち悪い。けれど逃げられない。

「ケツ犯されて感じるなら、雌犬でしょ」

深く、深く……もうその先はないと思うほど銃をめり込ませ、早乙女は「そろそろだな」と呟いた。

「テメェのケツん中で、こいつをぶっ放してやる」

最悪の予言に、惣一は目の前が真っ暗になった。

「やっ、やめてくれっ……頼む、頼む……」

早乙女は耳許に口を寄せてきた。

「腹ん中でタマが弾けて、内臓がグッチャグチャになんだろうな。……ククッ」

怯《おび》える体をいたぶるように、銃身は尻の中でぐるりと弧を描いた。

「あぁ、けどケツにドスンじゃ一発で死なねえだろうなぁ」

兼山が笑いを含んだ調子で口を挟んでくる。

「頭や心臓じゃねぇしな。陸にあげた魚みたいに、しばらくビチビチのたうち回んじゃないか」

「だってよ」

相槌《あいづち》を打ち、早乙女は惣一の髪を掴んで、強引に顔を引き上げた。

「よーく目ぇ開けとけ。これがお前の見る、この世の最後の景色だ」

けれど眼前にあるのは、自分の肩を押さえる兼山のスラックスの股間。ちょっと待ってくれ……これは何かの間違いじゃないのか？　自分はこんな死に方をしていい人間じゃない。将来、本橋組を背負《しょ》って立つのだ。虫けらのような奴にいたぶられ、死ぬ運命のはずがない。それなのに現実は尻の中に拳銃を突っ込まれ、交尾する雌犬の姿で屈辱のまま殺されようとしている。

「やっ、嫌だ、嫌だ、嫌だ……」

恐怖が口から溢れ出し、それと同時にプツリと何かが切れた。途端、惣一は大声で叫んだ。

「いやーっ、嫌だ、嫌だ、嫌だ……助けてー助けて！」

自分の喚《わめ》き声に、笑いが重なる。自分が叫べば叫ぶほど、周囲が笑う。こんなのは嫌だ。死にたくない、死にたくない。こんな惨《みじ》めな死に方はしたくない。痛いのも嫌だ。痛い思いはしたくない。誰か助けて。誰でもいいから助けて。こいつらを殺して。助けて、助けて……父さん、母さん、嘉藤……誰でもいいから……。

「ごーぅ、よぅーん……」

この世がカウントダウンを始める。

「にぃー……」

心臓は息が上がるほどドクドクドクドクドクと脈打ち、顎がガクガク震えた。自分が死ぬはずがない。死んじゃいけない人間だ……こんな、こんなことで……。

「いーち」

両目からドッと滝のように涙が溢れた。

「助けて、助けて、助けて……嫌だっ、嫌だっ、嫌だあっ……」

「ぜーろ……」

耳許で「ヴァーン」と叫ばれた。

「ひぃいいいいいっ…………」

体が強張って竦み、股間がブルッと震えた。そして自分では制御できない恐怖が、黄金の涙になって股間から吹き出した。

「うわっ、こいつ漏らしやがった」

兼山が後ずさる。恐怖の涙はいつまでも止まることなく、排泄音と共に股を生温かく濡らしていく。惣一は自分に起こっている現象をぼんやりと見ていた。涙が止まると、尻から異物が引き抜かれた。背中を踏まれ、自分が作った水たまりの上に突っ伏す。アンモニア臭に溺《おぼ》れ茫然《ぼうぜん》とする頭上で「ははは、はははっ」と甲高い笑い声が響く。

笑い声が螺旋《らせん》状に渦巻《うずま》き、静かになったと思ったらまた聞こえてきて、悪夢のように繰り返す。

「おい、早乙女。いつになったらこいつを殺《や》るつもりだ？」

呆《あき》れた兼山の声に「まだまだだ」と早乙女が答える。

「こんなんじゃ足りねえ。一晩じっくりかけて、なぶり殺しにしてやる」

惣一の背中を踏みつけていた靴が、ジリッと左右に動く。靴の底で皮膚がよじれ、鈍い痛みを生む。

「お前が何をしようとかまわんが、場所を変えねぇか。ここだと万が一、組の奴が来た時にヤバイだろ」

兼山が提案する。場所を変えられたら、もう誰も自分を助けに来られなくなる……。

「今晩《こんや》は確実に大丈夫ですよ。こいつの側近と組の兵隊は別件で全員、静岡なんで。それにここで殺んないと、物取りのせいにできないっしょ」

それもそーなんだが……と言いつつ、兼山の声は微妙に掠《かす》れた。

「まぁいいか。どんな裏工作をしたところで、別の組の奴が嚙《か》んでるって思われんだろうからな。じゃあ本格的にいたぶる前に、ちょっとコイツを借りてもいいか？」

兼山の足が、自分を軽く小突いた。

「……えっ」

早乙女の声が不機嫌そうに響く。

「何だよ、嫌なのか？」

兼山に問われて、早乙女は沈黙する。

「ド頭をぶち抜きゃ一秒で終わる仕事を、わざわざ『お前の腹いせ』に付き合ってやるんだ。俺にもそれぐらいの役得がなきゃ損だろうが」

渋々といった声色で「わかりました」と早乙女がぼやく。惣一は腕を摑まれ、兼山に引き起こされた。けれど耳許で怒鳴られた銃声のショックで、膝がガクガクしてまともに立てない。歩けない体を、兼山は脇で抱えた。ズボンが脱げて、排泄物で汚れた上着だけになる。

「そいつをどこに連れてくんですか！」

「おまえはいちいちうるせなぁ。こいつのションベン流してくるだけだ。俺は臭《くせ》ぇのもスカトロも趣味じゃねえからな」

引きずられ、バスルームに連れ込まれる。床にしゃがみ込んだ惣一に、男は頭の上から湯の雨を降らせた。湯気に煙《けぶ》る坊主頭の男を、惣一はぼんやりと見上げた。自分は殺される。殺される……このままじゃ殺される。

「……たす……けて」

救いを求める声が、弱々しく浴室に反響する。

「金……やるから……助けて……たす……けて」

キュッとカランが閉まり、シャワーが止まる。兼山はしゃがみ込むと、濡れた惣一の頬に触れた。

「死にたくねぇか？」

密やかな声。密約の気配に、惣一はコクコクと頷いた。

「助けてやるよ。そのかわり、俺の言うことを聞けるか？」

何を言われても……頷く以外の選択肢はない。兼山はニヤリと笑い、スラックスのジッパーを下げて性器を引き出した。他人のものを目の当《ま》たりにして、ゴクリと唾を飲み込む。勃起していない状態でも長くて太い。シリコンボールでも入れたのか、亀頭の周囲は不自然に丸く盛り上がっている。

「こいつをおしゃぶりできるか？」

男がソレに手を添え顔に近づけてくる。思わず体を引いた。かまわずソレが迫ってくる。尻で後ずさっているうちに、背中が浴槽の壁にあたり、逃げ場がなくなった。惣一が顔を俯けると、前髪を摑んで乱暴に頭を引き上げられた。顔前にあるそれが怖い。

「やっ、やったことないっ！」

思わず叫んでいた。男の動きが止まる。

「くっ、口でやったことがない。できない」

兼山は髪から手を離し、惣一の頰をそっと撫でてきた。

「誰だって初めての時はあるもんだ。俺が教えてやるから、言う通りにしてみろ。ほら、舌を出してみな」

男のモノなんて舐めたくない。しかも洗っていない不潔なモノなんて嫌だ。吐き気がする。けれど自分が助かるかどうかはこの男にかかっている。……死にたくない、死にたくない。嫌悪感を押し殺し、口を小さく開け舌を出した。

「その可愛い舌で、亀頭んトコを舐めるんだよ。猫みてえにペロペロってな」

したくない。でも舐めないと死ぬ。惣一は舌先で兼山の先端にそっと触れた。……丸くて熱い。小さな動きであまり舐めないよう、舌先で触れては離してを繰り返す。

「もっとべろべろ舐めろよ」

自分の思惑は見透かされていたのか、膝を蹴られた。仕方なく、もう少しだけ大きく舐める。男は満足した表情で目を細めた。

「あぁ、いい感じだぜ。そのまま亀頭を口ん中に入れて、吸ってみな。……音をたててな」

女にさせたことはあっても、口に含むなんてしたことはない。それでもやらなければいけない。今は生きることが正義で正しいのだ。惣一は目を閉じて口を開けた。丸みのある先端を口腔《こうこう》に迎え入れ、動きの少なさを誤魔化《ごまか》すためにジュルジュル音をたてて吸った。口腔で男の性器が大きくなってくるのがリアルに伝わってくる。それと同時に、先走りの雄の匂いが口の中で充満し、吐きそうになった。生臭さに耐え『これはフランクフルトだ』と自己暗示をかけ、熱い肉を舐め、吸った。

「お前、おしゃぶりは上手じゃねえか。初めてとは思えねえぜ」

行為を誉められても、ちっとも嬉しくない。殺されるからしゃぶっているだけ。普段なら一億積まれたってお前の股間に顔を埋めたりしない。

「もっと奥まで銜《くわ》え込めるか？　喉んトコまで」

臭気に耐えながら薄汚いそれを、深い場所まで迎え入れた。これぐらいでいいだろうと思っていたら、更に奥まで押し込まれて、男の陰毛が鼻先で擦れた。

「んんっ……ぐっ」

苦しくて呻き声が出る。男は惣一の髪を摑み、腰を前後にスライドさせた。熱い棒を喉の奥までねじ込まれ、そして引き抜かれる。口を閉じられないまま喉を突かれ、あまりの激しさに息ができない。飲み込めない唾液が溢れ、生理的な涙がぽろぽろと零《こぼ》れる。

ようやくそれが引き抜かれ、顔と胸許に生温かく白濁した液体が散った。青臭い雄の匂い。顔にかけられたとわかっても、両手が使えないから拭《ぬぐ》うこともできない。粘ついた液体は、まるで涙のように頬をつたい落ちていく。

これで……助けてもらえる。あんな汚いモノを我慢してしゃぶり、挙げ句の果てにかけさせてやったんだから、きっと助かる。

兼山は惣一の前にしゃがみ込んだ。粘ついた視線で自分を見ていたかと思うと、いきなり濡れそぼったシャツの胸許を摑み、両脇に開いた。ボタンが弾け飛び、浴槽の床の上を転がっていく。

「……濡れて気持ち悪いだろ、なぁ……」

シャツよりも、兼山の猫なで声のほうが不愉快だ。結局、ジャケットとシャツをナイフで切り裂かれ、丸裸で脱衣所に引き上げられた。バスマットの上に仰向《あおむ》けに転ばされ、両足を大きく割り広げられる。股間にスッと風を感じ、今まで体験したことのない体位に嫌な予感がした。

開いた場所に、男の体が入り込む。その目的を察して、全身が硬直する。しゃぶるのはまだいい。けどアナルを男に使われるのは嫌だ。ペニバン……模造の性器をつけた女に犯されるのは好きでも本物は……生の男のアレは絶対に入れられたくない。自分は男だ。男に犯されるなんてあってはいけない。絶対に。

「やっ、嫌だっ」

体を捩《よじ》っても、その程度では相手を拒《こば》めない。厚みがあり重たい体がのしかかってきて、抵抗を封じ込めてくる。圧倒的な体格差はどうにもできない。

「嫌だ、嫌だ、嫌だっ」

「……お前、助かりてぇんだろ」

男の声が耳許で響く。

「なら抵抗しないで、子猫ちゃんみたいにおとなしくしてろ。……すぐすませてやるからさ」

体がガタガタ震える。すると男が生温かい舌で惣一の頬をベロリと舐めてきた。

「お前、女みてぇに白くて柔いな。しかも処女みたいにびくびくしてやがる」

男の湿った右手が、獲物の首から胸許へ落ちた。

「ここもピンクで、桃みたいな色じゃねえか」

乳首を指先で摘まれ、情けなさで泣きそうになる。太い指でこねられて、そこが赤く腫《は》れ上がっていく。乳首に触れられるのは好きで、恋人の玲香《れいか》に、いつもそこを弄《いじ》るようお願いしていた。

「乳首、勃ってきたぜ。ヤクザの息子が男に嬲《なぶ》られて気持ちよくなってちゃ駄目だろ」

男の鼻息は荒いが、性別に関係なく弄られたら反応する。乳首を摘んでいた手がもっと下へ落ち、拳銃で散々かき回されたそこに触れた。指が躊躇《ためら》いなく中に入る感触に「ヒッ」と声が出た。

動きが違う。玲香はそこを弄るにしても、繊細で丁寧だった。男は熱い指で荒々しく、グチグチと音がするほど中をかき回す。

「嫌だ、痛いっ、痛いっ……」

喚いていると、男は「チッ」と舌打ちした。体の上から重みと気配が消える。うるさい獲物に辟易《へきえき》して止《や》めたのだろうか。助かった……すぐさま横向きになり、背を丸めた。

男は洗面台の前に立ち、周囲を乱暴にかき回すと、ボトルを手に戻ってきた。いつも洗顔の後に使っている乳液だ。

男の手が肩にかかる。そうして再び仰向けにされると、冷たい液体が股間を濡らした。ぶちまけられた乳液に、陰嚢《いんのう》がぶるっと震えて縮み込む。男はボトルの中身を手に取ると、禍々《まがまが》しく勃起した自らの性器に塗りつけた。白濁した液体が垂れ、先走りのように凶器の幹をテラテラとつたう。

みっともなく開かされた両足。その目的は明らかだ。熱い凶器が自分のそこに押し当てられたのがわかる。

「やっ、嫌だっ」

それは容赦なく、一気にねじ込まれた。

「ひいいっ」

ぐ、ぐ、と突き上げてくる猛烈な圧迫感。苦しさのあまり、背中が弓なりに反った。乳液の助けを借りて入りはしているが、それでもこのサイズは苦しい。……ディルドでも怖くて大きい物は使ったことがない。

「……どうだ、俺様のチンコは。でかくて美味《うま》いだろ」

男は卑猥《ひわい》な言葉を吹き込みながら、腰を揺らす。腹の中をかき混ぜられ、圧迫感が倍増する。

「うっ……動かないで……苦しっ……」

男の腰が前後にピストンし、パシン、パシンと股間が激しくぶつかりあう。

「偽物のチンコよりも、本物のチンコのほうがいいだろ。しかも生で突っ込んでやってるんだ。感謝しろよ」

熱い凶器が中を擦り上げるたび、息苦しさで涙がこみ上げてくる。

「しっかり味わっとけ。お前の薄汚いケツもこれがチンコの食い納めだ」

匂いのある醜悪《しゅうあく》なため息が、頭の上で吐かれる。擦られる中が痛い。お腹が苦しい。早く、早く止めてほしい。誰か、誰かにこの薄汚い男のド頭をぶち抜いてほしい。

無理に開かされた股関節が痛み、太股はジンジン痺れる。男の動きが激しくなり、腰をたたきつけられるたびにグチュッ、ズブッと卑猥な音がし、犯される体は人形のようにガクガクと揺れた。

中をかき回されているうちに、凶器がある部分に触れた。体がビクンと震え、反射的に中を締め上げしまう。

「んっ?」

男の動きが止まる。

「お前、ここが感じんのか?」

「ちっ、違う」

玲香に弄ってもらう時は、特にそこを重点的にディルドで擦るよう強請《ねだ》った。否定したのに、男は笑った。

「お前のお粗末なチンコがビンビンしてきたじゃねえか。ここが気持ちいいのか、んっ」

一番いい場所を突き上げられて、ぴりっと体に電流が走る。堪え切れず「ああっ」と掠れた声が喉から押し出された。

「本当にお前、女みたいだな」

みっともない声を聞かれたくないのに、両腕を拘束されて口を塞げない。ズクズクといいところを重点的に擦られて、我慢しても喘ぎが漏れる。そのうちそこを擦られなくても、男の動きだけで痺れのような快感が全身に巡ってくるようになった。

気持ち……いい。いや、違う。気持ちよくない。ゲスな男のペニスで感じたくない。断じて感じてなんかいない。

「ああっ……ああっ……ああ……んんっ」

甘えた女のような喘ぎは誰の声だ？　自由を奪われ、薄汚い雄に強姦されているのに、考え得る限り最高の屈辱なのに、腰に異常な熱が溜まり、ペニスが腫れ上がったようにキンキンに固くなる。

「あんっ、あんっ……あああ……」

上半身が大きくうねる。固くて機械的な動きしかしないディルドとは違う、熱くうねる肉棒。それを銜えて、快感をむさぼる体。ひた、ひた……と記憶の奥底に眠るもの。見てはいけないもの……パンドラの箱が開く。

「もうっ、もうっ……やめっ、やめてくれっ！」

のしかかる獣は、笑っていた。

「やめないで、だろ。このチンコは何だよ」

腫れ上がったペニスを鷲掴みにされ、一瞬息が止まった。痛みを感じるほど強く握られて、高まった熱が、出口を求めてマグマのように股関を駆け上がる。

「いくっ、いくっ……いくっ！」

男によって増幅された快感を、男の手を借りて噴出する。体がビクンビクンと震え、中にいる男が耳許で「クウッ」と呻いた。

「最高だな。もっと俺を締め上げてみろ、ほらっ」

皮膚がぴりぴりする。気持ちいい、気持ちいい。目の前がチカチカして、精神から分離した体を残して、意識は過去へと遡《さかのぼ》っていく。小学生の頃、夏の熱い庭。上半身裸で草むしりをしている入門したばかりの新入りヤクザの背中を、流れる汗をじっと見つめていた。あの時夢中になった、不可解な感覚。

「ぼっちゃんにだけですよ」

そう言って、出所してきた幹部候補生の男に自慢された股間。異物を埋め込まれてぼこぼこになったペニスを、自分は食い入るようにして見つめた。

中学時代、同級生で背の高い剣道部の男をいつも視線で追いかけた。体育の着替えの時は、いつも一瞬だけむき出しになる背中を見ようと必死になった。

自分が興味を持つのは同性だとわかっている。けど認めてはいけない。自分は組の頂点に立つ男だ。頂点に君臨《くんりん》しながら、男に犯されることを望むなんてありえない、あってはいけない。

理想と現実。母親似の細い自分の体。食べても太らず、運動しても筋肉はつかない。肌も白く、性器も貧相。自分が夢中になった、男らしい男の身体にはほど遠い肉体。

女は抱けた。尻をディルドで犯されながらだったら、抱ける。それなら『変態趣味』で片づく。プライドは傷つかない。このスタンスで自分は満足していたのだ。それでよかったのに……。

壊れる。壊されていく。自分の内部を暴かれ、本性を引きずり出される。そう、自分はディルドなんかではなく、これを欲していた。猛々しい雄の象徴に、雌犬のように犯されて、気持ちよく喘ぎたかった。

高校生の頃、尻を弄って射精した時から、自分は雌犬だとわかっていた。必死になって封じ込めてきた本質が、どこの誰だか知らない男のペニスであぶり出される。揺さぶられて、擦られて……。

「おい、腰が揺れてるぞ。気持ちいいか？」

自分の身体が、どうなっているのか知らない。

「とんでもねえビッチだな。お前の中に、たっぷりザーメンぶちまけてやるぜ」

男が変なうめき声をあげ、腰を左右に揺さぶった。中に……出された。終わったのなら抜くかと思ったのに、男のそこはまだ固さを失わず、ゆるゆると中をかき回していく。

「あんっ、あんっ……」

唾液を溢れさせながら喘いでいると、脱衣所の扉が開いた。早乙女と、シゲと呼ばれていた若い男が入ってくる。大股開きの、言い訳のできない体勢で男に犯されている自分を見て、互いに顔を見合わせて苦笑いした。一瞬で目が醒め、恥ずかしさのあまり全身にじわっと冷や汗が浮かぶ。

兼山が体を起こした。二人が……自分を見ている。嫌だ。みっともない。恥ずかしい。抜きたくて尻を揺さぶると「何だ、まだチンコが食い足りねえのか」と腰を突き上げられた。

「……出てこねえと思ったら、随分《ずいぶん》と盛り上がっていたようで」

早乙女が感情のない目で自分を見下ろす。

「思いのほかこいつの具合がよくてよ。おい、何でシゲまで入ってくんだよ」

小太りの若い男が肩を竦めた。

「金目のモンを車に運び込んで、仕事が終わったんすよ。早乙女さんがそろそろ殺《や》るから来いって言われて来たんすけど」

早乙女は惣一の股間にチラリと視線をやると、チッと舌打ちした。

「そいつ、勃ってるじゃないですか。ご立派なモノで喜ばせてどうするんですか」

男に犯され、感じている身体を見られて恥ずかしいのに、あそこは萎《な》えない。情けなさ、みっともなさ、興奮、快感……色々なものがぐちゃぐちゃになって、わけがわからない。

兼山は勃起したままの粗末な惣一自身を摘むと、玩具のようにブラブラと左右に揺らし「俺ってサービス精神旺盛だからさ」とニヤつく。

「やっ、やめてくれ」

訴えても、引っ張ったり、撫でたりと性器を弄るのをやめてくれない。

「嫌なら萎えさせろよ。男に突っ込まれて、人にチンコ見られてもビンビンしてるなんざ、お前は生粋の変態だな」

自分には少し露出好きの気がある。見られて恥ずかしいのに、感じてしまう。それがこんな時まで……。

「……それって、マジで尻の中にちんちん突っ込んでるんですか？」

繋がった股間をシゲが覗き込む。

「マジだぜ。見るか？」

陰嚢を持ち上げられ、大きく広がって受け入れた部分が晒される。思わず「ひいっ」と悲鳴を上げた。

シゲがゴクリと喉を鳴らす。

「何か、すっげえすね～野郎のケツなのにムラムラしてきた」

「お前はホモか！」

早乙女に頭を叩かれ、シゲは「痛いっす」と眉を顰めた。

「何かそいつ、そそられません？　細くて女みたいで、変に色っぽいっていうか……っっ、何か俺、マジやばい」

兼山は惣一の背中に手を回し、勢いよく引き起こした。中にあるペニスの角度が変わり、腹の中でグリッと擦れる。

「ひあっ」

兼山の膝の上、向かい合う形で抱きかかえられる。そして双丘を掴まれ、左右に大きく広げられた。

「どうだ。こうするとチンコぶっ込まれてるケツ穴がよーく見えんだろ」

秘部まで晒し物にされ、これ以上はない羞恥に身体が震えた。

「もうやめ……やめ……」

助けてやると言った。言うことを聞いたら助けると約束したのだ。それなのになぜ辱《はずかし》める？

早く逃がしてくれ……早く……。

「もう煽《あお》んないでくださいよ～マジでキてるんすから」

シゲが苦笑混じりに呟く。すると兼山はまるで見せつけるように、広がった部分の周囲をなぞった。敏感な部分を擦る、緩い指の感触。こんな状況なのに、背中に淡い痺れが走った。散々撫で回した後、指を一本捻《ひね》るようにして押し込んでくる。限界まで広がったそこを更に開く気配に
「嫌っ、嫌っ」と腰を振った。指の動きは止まらない。苦しい。痛い。それなのに二本に増やされる。中出しされた精液が出てきたのか、途中で動きがなめらかになり、クチュクチュと恥ずかしい音が響いた。

「すっ、すんません」

シゲが叫んだ。

「こっ、ここで見ながら抜いてもいいっすか」

「こいつにおさわりしていいぜ」

話が違う！　ペニスをしゃぶったら、助けると言った。この性交もそうだ。だから恥ずかしいのも屈辱も我慢しているのだ。

「やっ、約束……したじゃないか」

兼山を見上げ、震える唇で訴える。すると思いがけず優しい眼差《まなざ》しが返ってきた。

「……ちょっとだけ我慢しな」

ひっそりと耳打ちされる。

「けっ、けど……」

「……もう少ししたら、隙を見て連れ出してやる。だから俺の言う通り、可愛らしくアンアン喘いでろ」

けど、けど……助けてくれるなら、なぜあの男に自分を与えようとする？　おかしい。おかしい。この男は嘘をついているんじゃないか。背中に人の気配を感じた。体に触れてくる手の感触。

「すげえ、こいつ白くてすべすべしてるわ」

低俗な男が自分の脇腹を揉み、そこからゾワッと怖気が走る。首筋を舐められ、勃起した乳首を摘まれる。その合間に繋がったままの腰をズンズンと突き上げられる。予想できないいくつもの動きの組み合わせに、頭の処理がついていかない。

「あっ、やっ……やっ……」

勝手に声が出る。背後の男の興奮が、荒い鼻息で伝わってくる。

「うっわ、たまんね」

兼山でいっぱいになった後ろに、シゲが明らかに固くなったモノを物欲しげに擦りつけてくる。

後ろに入っている指が、また増えた。

「やっやめてくれっ」

訴えても止まらない。指は四本になり、弄られすぎて、痺れて、そこが自分の体の一部だと思えなくなってくる。未知の領域。怖くて、ただ怖くて自分に苦痛を与える男にきつくしがみついた。兼山が指で穴を広げながら「お前もここ、突っ込むか?」と呟いた。

「こんだけ柔らけりゃ、お前のも一緒に入るぞ」

シゲが「ええっ!」と声をあげる。惣一もギョッとした。冗談じゃない。急には無理だ。昔、尻穴の拡張にはまったことがある。どれだけ大きなペニバンまで使えるだろうと興味があったからだ。拡張すれば、そこそこ大きなペニバンも入れられるようになるが、それで快感を得られるかどうかはまた別の話だ。自分は平均的なサイズで少し乱暴に突かれるのが好みだと気づいた。

「自分で言うのも何すけど、俺けっこうでかいんすよ。そいつ、死んじゃわないですかね」

心配そうなシゲの声を、兼山は「いーんだよ」と笑い飛ばす。

「どうせこいつ、殺すんだからさ。……来いよ」

宣言される死。やっぱり嘘だった。だまされた。

「やっ、止めてくれっ。本当に嫌だ! 嫌だ!」

叫んでも、誰も助けてくれない。傍観者の早乙女は薄ら笑いを浮かべているだけ。身悶えると、兼山に抱き締めて拘束された。燃えるように熱いもう一本の肉棒が、広がって捲られたそこに触れる。固くてヌルヌルした先端に、生理的な嫌悪が背筋を駆け上がった。

「ぜっ、ぜっ……絶対に無理だ。裂ける、裂けるっ……」

喚き声におくしたのか、シゲが体を引いた。

「やっぱ無理なんじゃないっすかね」

「こいつの言ってることは気にすんな」

惣一の頭を、まるで泣く子をあやすようにポンポンと叩いた。

「けど裂けちまったらつまんねえから、楽しみたいならゆっくり入れろ」

「わっ、わかりました」

狭い部分に雄が容赦なく入ってくる。凄まじい圧迫感と、そこから込み上げる切り裂かれるような鋭い痛み。

「痛い！　痛い！」

金切り声で叫ぶと、シゲの動きが止まった。落ち着くと、また押し込まれる。下腹が張って、喉から何か出てきそうだ。

「いやだああああっ……ああああっ……あああああっ……」

泣き喚く惣一の耳に、興奮したシゲの声が聞こえた。

「すっ、すげえ、すげえよ。二本目がマジ入ってる。ケツの穴ってこんな広がるモンなんですね。

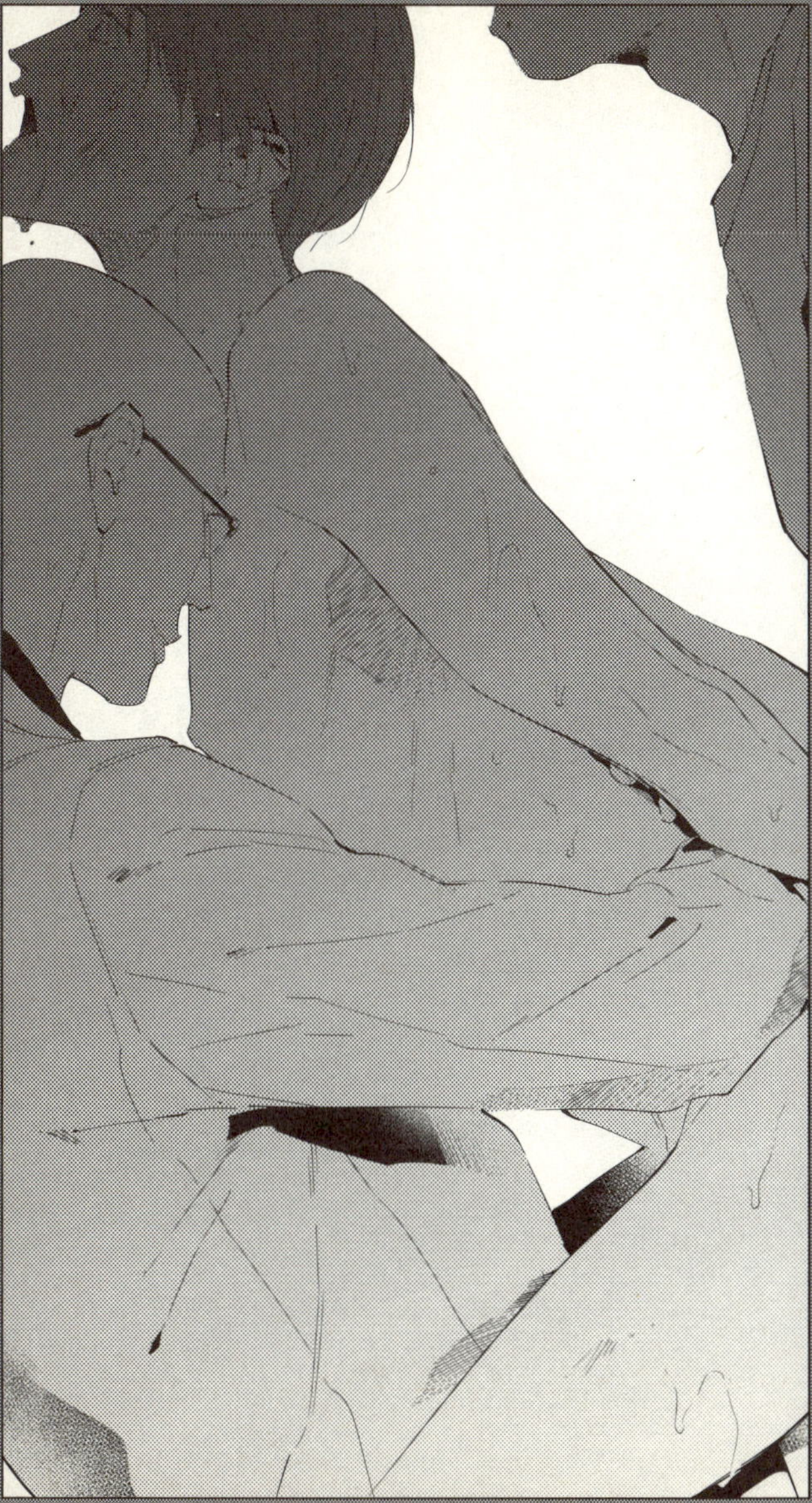

調子に乗ったシゲが動くと、そのたびに脳天を突き刺す痛みが走る。死ぬ……死ぬ……惣一はこりゃすげえや」

上を向いたまま下顎をガクガクと震わせた。

「おい、ちんこが二本入ってるのをこっちに見せろ。動画撮るからよ」

早乙女の言葉で、シゲの角度が変わる。捻るように擦られて、惣一は悲鳴を上げた。

「ギャアアアッ」

「耳許でうるせえなあ」

兼山がチッと舌打ちする。そこから先は、言葉を奪われた。タオルを口の中に突っ込まれたからだ。自分は死ぬ。このまま……いいように犯され、いたぶられて殺される。それならいっそすぐ死にたい。今すぐ死にたい。痛い、痛い、苦しい……。

二人がかりで犯すシチュエーションに興奮しているのか、兼山の動きが激しくなってきた。凶暴極まりない二本の棒でかき回されて、受け入れた部分は裂けて血が出る。滑りがよくなったと喜び、二本の棒は更に暴れた。

犯された部分からせり上がってくる激痛。自分の中に地獄がある。痛みのあまり一度、気を失った。そのまま死ねたら楽だったのに、右足に走った激痛で正気に返った。

右足が摑まれている。そして早乙女の手には、どこから見つけてきたのかペンチが握られていた。ペンチが足の爪を摘み、一気に引き剝がす。痛みで体は痙攣し、そのたびに中が締まると兼山とシゲは興奮する。

泣きながら声にならない声で叫んだ。爪剝ぎは間隔をおいて繰り返され、何度か失禁した。そして何枚目かの爪を剝がされ、剝き出しになった生爪にペンチの先端を突き刺されたところで、意識は完全に飛んだ。

……次に目を覚ましたのは、病院のベッドの上。夜の定時連絡がなかったことを心配した嘉藤が、組の人間をマンションに寄越したのだ。しかし助けが来たことも、慌てた奴らが最後に自分の太股を撃っていったことも知らなかった。

数十時間に及ぶ大手術の末、一命は取り留め後遺症もなかった。太股の傷や剝がれた爪……痛めつけられた尻が元に戻るまでに半年かかった。あの時の事を組の人間は一言も口にしないが、自分がどういう暴行を受けたかは一目瞭然《いちもくりょうぜん》だっただろう。何も言われないことが、屈辱で苦痛だった。

入院している間に、早乙女を含めた三人は嘉藤が捕まえた。

「全員、始末しました」

報告は簡潔で、わかりやすかった。

あいつらは消えた。二度と目の前に現れない。それなのに、繰り返し悪夢を見る。男のペニスに尻を裂かれ、爪を剝がされる地獄絵図の記憶がぶり返す。

「惣一さん」

揺さぶられ「ヒッ」と悲鳴を上げて目を見開いた。心配そうな目をした嘉藤が、自分を見下ろしている。

「驚かせて申し訳ありません。食事が届きました。食べられますか？」

「……あっ……ああ」

ソファに座り直す。また……嫌な夢を見た。あれからもう五年になるのに、未だ悪夢は自分に取り憑《つ》いている。

食欲は失せていたが、コンソメスープの香ばしい香りに鼻孔をくすぐられ、スプーンを手に取った。

「お前は腹が空いてないのか？」

スープを口許に運びながら、聞いた。

「私は会合中に他の者と交替で食事をすませました」

向かい側に腰掛け、じっとこちらを見つめてくる。何か他のことをしていればいいのに、観察されているようで居心地が悪い。

「お前、先にシャワーを浴びろ」

体《てい》よく追い払ってやろうとしたが、忠実な番犬は「いえ、私は後で」と断ってくる。

「いいから入ってこい。一人でゆっくり食べたい」

そこまで言うと、ようやく背の高い後ろ姿がバスルームに消えた。フッと息をつく。あの日、自宅マンションで襲われたことがトラウマになり、安全だと保証された部屋の中でも、一人でいることができなくなった。

常に誰か傍にいないと、不安でおかしくなる。防犯設備が最新式のマンションに引っ越し、部屋の窓を全て防弾ガラスに替えた。それでも心の底から安心することはできない。常にボディガードを傍に置き、部屋に入る前は家の中に誰かいないか確かめさせる。そこまでしても不安が不安を呼び、一人では眠れなかった。

耳が……廊下を歩く足音を聞きつけた。部屋のグレードは高いのに、廊下の物音が響く。背中がブルッと震えた。ドアの外にはボディガードが立っている。何かあればまず表で騒ぎが起こるはずだ。

ドアに近づく。チェーンも鍵もちゃんとかかっている。確かめたのに、落ち着かない。誰かが窓から入ってきたら……いや、それはありえない。ここは二十二階だ。しかし窓は防弾ガラスではないだろう。外から狙われたら……すぐさま部屋の明かりを消した。真っ暗なら、狙われない。あぁ、でも、もし隣の部屋から窓越しに入ってこられたら……。

ありえないとわかっていても、妄想は止まらない。両足の爪が、綺麗な爪が全て生えそろっているにもかかわらず、ズキズキと痛みだす。これはまずいかも…と思った瞬間、体を引き裂かれる記憶がフラッシュバックした。

ついさっきあった出来事のように脳裏《のうり》に蘇《よみがえ》る。引き裂かれる痛み、精液の匂い……たす…けて。たすけて。痛いのは嫌だ。

堪《こら》え切れなくなり、暗闇の中、バスルームに飛び込んだ。シャワーブースに入っていた嘉藤が振り返り、泡だらけのまま脱衣所に出てくる。

「どうしました」

惣一はドアを背に、立ち尽くした。

「……こ……こに、いていいか」

声は消え入るように小さい。今にも泣きそうな自分を、濡れた男がじっと見ている。

「かまいませんよ。椅子にでも座って……」

準備をしようとした男を慌てて引き留めた。

「このままでいい。しばらくしたら落ち着く。僕のことは気にするな」

嘉藤はしばらく黙っていたが「泡を流してきます」とシャワーブースに戻った。惣一はドアを背に座り込み、膝を抱えた。自分を守る、頼もしい男の後ろ姿を見ているうちに、フラッシュバックが少しずつ遠ざかっていく。

安心感と水音。雨だれのように聞こえるその音が甘いと感じた時、身体の奥底から沸き上がる熱を感じた。

湯気に煙る、逞《たくま》しい男の肉体。それから視線を逸らし、ズクリと疼《うず》いた股間をやりすごして、惣一は小さく小さく背中を丸めた。

★chapter 2

嘉藤と入れ替わりで惣一もシャワーを浴びた。もう一度、部屋の中を隅々までチェックしてもらい、鼠《ねずみ》一匹入る隙間もないと言わせても、胸の中に湧き上がった恐怖の妄想は遠ざかってくれない。仕方ないので、入浴している間は嘉藤もバスルームの中、見える場所にいてもらった。

惣一がシャワーブースで体を洗っている間、お守り代わりの男は椅子に座り、本を読んでいる。時代小説が好きらしく、寝る前によくページを捲っている。浴室の鏡に、半乾きの髪を無造作に撫でつけた男の横顔が映っている。

自分の「恐怖の妄想」に付き合わされているだけ。安全な部屋の中で奴にボディガードとしての用はない。退屈だから本を持ち込んだのだとわかっていても、その姿が視界に入るたびに、本を取り上げてバスタブにつけ込んでやりたい衝動に駆られる。かといって、自分を見ろと言うわけでもない。結局、自分がそこにいないかのように振る舞われるのが気に障《さわ》るのだ。

嫌がらせのつもりで時間をかけて湯につかる。のぼせそうになってようやくあがり、髪を乾かし始める頃には午前零時を回っていた。

タブレットでメールチェックをすませたあと、惣一はベッドに潜《もぐ》り込んだ。このホテルは糊《のり》がききすぎているのかシーツが少し硬く、肌触りが悪い。隣から「少し明るくてもかまいませんか？」と聞かれた。

「……どうした？」

「あともう少しで読み終わるので」

残りのページが薄くなっているのが見える。自分は暗いと眠れず、いつも薄く明かりをつけている。ホテルで常に隣に寝ている嘉藤はそれを知っているし、こちらに遠慮をすることはないと思うが、律儀な男だ。

「好きにしろ」

横になって目を閉じる。しばらくそうしていたが、変に頭が冴えて眠れる気がしない。

何度も寝返りを打つ。隣のベッドは静かで、時折パラ、パラとページを捲る音が聞こえる。本に集中しているのか、ボスに見られていることに気づかない。

歳相応、渋みを増した男の横顔。ヤクザ然としていない自分の顔を気に入っているが、カテゴリーが違うこの男の顔の作りも好きだ。目は少し細く、愛想はないが……。

下半身にじわりと熱が溜まってくる。もう見ないほうがいい。わかっていたのに、こちらに気づかず読書に没頭している横顔が惜しくて、視線を逸らせなかった。そしたら案の定、きた。シーツの中に頭から潜り込む。見て確かめるまでもなく、パジャマの股間は無様《ぶざま》に膨《ふく》らんでいる。

「眠れませんか？」

声をかけられたことにギョッとした。

「本を読んでたんじゃないのか？」

「寝返りの音が聞こえたので」

不躾なほど見ていたことに気づかれたわけではない。それはいいとして、この下半身の状態では余計に眠れない。仕方が無いので、シーツの中にこもったまま聞いた。

「……アレはあるか？」

「アレ……ですか？」

短い沈黙。居たたまれなさに、シーツの端を強く握り締めた。

「車の中なので、持ってこさせます」

嘉藤がベッドを抜け出す気配がする。シーツから顔を出すと、電話をかけている背中が見えた。

おそらく五分もしないうちにアレが届く。シーツから抜け出し、半身を起こした。

電話を終えた嘉藤は窓辺に近づき、カーテンを僅《わず》かに捲る。隙間からは止《や》む気配のない雪がチラリとのぞく。外を見ている横顔は、何を思い、考えているのかわからない。

「本、面白いか？」

振り返った男は少し間を置いて「まあ」と答えた。

「ミステリー仕立てでオチはわかっていますが、気になるので」

他愛のない話をしているうちに、スマートフォンの着信音が響く。嘉藤は窓辺から離れ、話をしながら入り口のドアへと近づいていく。そして小ぶりの黒いブリーフケースを手に戻ってくると、中を確かめてから惣一の傍《かたわ》らに置いた。

「私は席を外します」

本を手に、嘉藤はバスルームに消えていく。ブリーフケースを前に、今更自己嫌悪する。滅入《めい》っても決して萎えない股間の熱がただただ恨めしい。

もとから遅漏気味で、前への刺激だけだといくのに時間がかかった。やっているうちに疲れ果てて嫌になる。それなのに性欲は人並み以上に強い。最悪だ。

前は駄目だが、尻を弄ると簡単にいける。それを知ってからは、刺激するのはそちらばかりになった。前を弄らなくなったせいで、余計に陰茎への刺激だけでは射精しづらくなり、最近はディルドを尻に入れないといけなくなった。今では宿泊を伴う遠出にディルドの入ったブリーフケースは必須だ。

以前は持ち歩くまではしなかった。玲香がいて定期的に射精できていたし、出先であればその道のプロの女を呼んだ。それがあの暴力事件をきっかけに全てが変わってしまった。

何より人が怖くなった。それは付き合いの長い玲香も例外ではなかった。賢く、ベッドの上でもよく言うことを聞く女。しかも自分に惚れている。わかっていても、他の組の構成員と通じているんじゃないかと疑い、組の人間に周辺を探らせた。

疑わしきことは何もないと断言されても、今はそうでもいつか、いつか……部屋で二人きりになった時、豹変して自分に銃を向けるのではないか、殺されるのではないかという妄想に取り憑かれた。子飼いだった君嶋の裏切り、密告が引き起こした惨事が、自分の中にどす黒い影を落としていた。

「お前が僕を裏切るのが怖い」という妄想の恐怖を、面と向かって玲香に言えなかった。話したところで「私は大丈夫よ」と根拠もなく言われるのが目に見えている。

恐怖に駆られた頭が見つけた打開策が「見られているほうが感じる」を理由に、自分たちのセックスにボディガードの嘉藤を同席させることだった。目的は玲香が「裏切った」場合に備えての見張り役だ。

最初は上手くいっていた。しかし毎回、毎回嘉藤が同席するのを玲香が嫌がるようになり、口論が増えて関係がギクシャクし、結局別れた。

女がいなくなっても、性欲は定期的に湧いてくる。玲香でさえ監視付きでないとできなかったのに、風俗嬢、その道のプロを呼ぶのは怖すぎて無理だ。電動のディルドを使い、自らを慰めるしか手はなかった。

嘉藤は玲香と別れたことも、自分がディルドを使って慰めているのも知っている。五年前の事件で大怪我をし、一命を取り留め無事に退院して以降は、嘉藤をマンションの隣の部屋に住まわせ、遠出して宿泊する際は同室に泊まらせている。隠しておくことなどできなかった。

宿泊先でオナニーをする時は、嘉藤はバスルームで時間を潰すという暗黙の了解がある。一人になりたくないので、外へは行かせない。みっともない喘ぎを聞かれているだろうが、玲香との行為に同席させた時も顔色一つ変えなかった男なので、今更だ。

ブリーフケースの蓋《ふた》を開ける。中に入っている黒い袋を手に取り、首を傾げた。軽すぎる。ベッドの上で袋をひっくり返してみたが、出てきたのは小さなローターとローション、ゴムだけ。

……ない、ない、ない……メインのアレがない！

おかしい、おかしいと空の袋を探っているうちに思い出す。この前、お気に入りのディルドが動かなくなった。電池を替えても駄目で、それを捨てて新しいものを買ったのだ。そいつをこっちの袋に入れておくのを忘れていた。

ローターを摑み上げる。こんなに小さいのじゃ感じないし、いけない。あくまでこれは補助用。貧弱な道具を前に、途方に暮れる。どれだけ考えても、ないものはない。出したものをブリーフケースにしまい、前屈みでバスルームに向かった。

「……いいぞ」

声をかけると、すぐに男は出てきた。

「もう終わったのですか？」

惣一は軽く舌打ちした。

「そんなわけないだろ」

背の高い男の視線が、まだ張って布地を押し上げている自分の股間に注がれる。

「もっとゆっくりされてみては？」

気の遣われ方がたまらず「なかった」と無愛想に吐き捨てた。

「ない……とは？」

「アレが入ってなかった」

ブリーフケースの中身を管理しているのは自分なので、ディルドの有無までこの男は把握していない。

「この前、壊れたから買い換えたんだ。新しいやつを入れるのを忘れてた」

説明に、嘉藤は顎を押さえて頷いた。そしてベッドサイドの時計にチラリと視線をやる。

「外の者に、買いに行かせますよ」

気を利かせたのだろうが、こんな夜中に大人の玩具を買わせるためにボディガードをアダルトショップに走らせるのは、惨めで滑稽だった。

「……必要ない」

「駅の裏が風俗街になっていました。その手の店ならまだ開いているでしょうし、店になくてもラブホに行けば買えますから」

手に入るかもしれないが、頼まれたボディガードは夜中にディルドを買いに行かされる状況をどう思うんだろう。嘉藤がプライベートでそんなことを言い出すはずがないと知っているから、頼んだのは自分だときっと気づく。

「いいから」

「しかしそのままでは辛《つら》いでしょう」

「……死ぬわけじゃない。今日ぐらい我慢する」

話を打ち切り、惣一はベッドに入った。頭からシーツをかぶる。男の、何か言いたげな表情には気づいていたが、無視した。

しばらくすると、カチリと音がして暗くなる気配があった。嘉藤が明かりを消したようだ。シーツの隙間から外をのぞくと、スタンドライトの薄暗い明かりだけになった室内が、薄らぼんやりと見える。嘉藤も本を読むのをやめ、本格的に眠る体勢に入った。

部屋の中は静かだ。耳を澄ませば、隣の息づかいも聞こえてきそうだ。眠れ、眠れと自分に言い聞かせながら目を閉じるが、やはり頭が冴えている。我慢すると言い放ったものの、股間の疼きが次第に耐え難くなってきた。他にすることも、考えることもないので、余計に気になるのかもしれない。

いけないのを承知の上で、自分の右手で慰める。気持ちはいいが、いけるほどの高ぶりがあるわけではない。ぬるま湯のような快感に、次第に苛々《いらいら》してきた。普通の男はこれでいける。それなのにどうして自分はいけない？　射精できない？

もう何でもいいから尻に突っ込んで、くすぶる熱を吐き出したい。ディルドのかわりになるものが部屋の中になかっただろうか。サイズは大きすぎても小さすぎても駄目だ。……使えそうなのはシャワーヘッドぐらいか？　けどここのは自分には少し大きい。

「ちきしょう」

低く吐き捨てる。馬鹿馬鹿しいにもほどがある。真夜中に自分の尻に突っ込める道具を模索《もさく》する自分も、何もかも全て。

ギギッと隣のベッドが軋んだ。布ずれの音がする。

「……氷をもらってきましょうか？」

真上から聞こえてきた声に、頭からかぶっていたシーツを顎の下まで引き下げた。

「冷やすと楽になるんじゃないでしょうか」

冷却を勧めているのは、自分の股間。風邪の熱と同じく、ペニスも冷やせば萎えるのか？　笑いと同時に虚《むな》しさが込み上げてきて、頭上の男が見えないように俯せた。股間がシーツに擦れてゴリゴリと存在を主張する。

「……必要ない」

断ると二度と氷を勧めてきたりはしなかった。けれどベッドに戻ることなく、部屋の中を歩き回っている。

「惣一さん」

眠れない自分を呼ぶ声。顔を傾けたそこに、木製のハンガーを握る男の姿があった。コートなどの型崩れを防ぐ、肩先の部分がこぶのように丸くなっているタイプのものだ。

この男はなぜハンガーを片手に突っ立っているのか……その意図に気づいた瞬間、耳たぶが熱を持った。

「部屋の中にある備品を探してみたのですが、他に適当なものが見当たりませんでした」

燃えるようにカッカする耳を神経質に擦る。激しい羞恥の後に湧き上がってきたのは、胃がチリチリするほどの腹立たしさだった。

「……それを使えっていうのか？」

淡々とした声に乗る怒り。自分も代用品を探していたくせに、そこは棚にあげる。主の不機嫌を察した聡明な部下は「すみませんでした」と頭を下げた。

「出すぎた真似をしました」

鼻先からフッと笑いが抜けた。

「いいよ、貸せ。それを尻の中に突っ込んで、サッサと出せばいいんだろう。お前はそうしろって言ってるんだよな」

手を差し出しても、渡そうとしない。

「本当に申し訳ありませんでした」

「いいから渡せ！」

怒鳴っても、首を横に振る。

「もうしばらく待ってください。私がアレを準備してきます」

「冗談じゃない」とベッドを叩いた。

「僕が初めてのホテルで、一人でいられないことぐらい知ってるだろ！」

「私が留守の間は、ボディガードを部屋に入れます。休憩に入っている一人を起こして、外の警備は万全に……」

「もういい！」

たまらず、神経質に髪をかき乱した。

「ですが……」

「いいって言ってるだろ！　代用品なんかいらない。お前はまだ僕を辱める気か」

責められているくせに、まるで哀れむような眼差しで自分を見下ろしてくる。惣一は枕を鷲掴みにし、男に投げつけた。

「こっちを見るな！」

ようやく視線が逸れた。

「どうせ僕のこと、変態だと思ってるんだろう」

そんなことは……の否定を遮った。

「そうだよ、僕は尻を弄らないといけない変態だ。お前はいいよな。ちゃんと普通にできるんだから」

普通であることを責められてもどうしようもないだろう。それができない自分のほうがおかしいのだ。頭の中がグチャグチャする。結局、何に対して怒っているんだ？　ディルドの代用品としてハンガーなんて適当なものを渡されそうになったことか？　自分だってシャワーヘッドはどうかと考えていた。思考回路に大差はない。じゃあ何がどうなればよかった？　嘉藤がどう言えば、何を持ってくれれば満足したんだろう？

「……それを貸せ」

惣一は部下の股間を指さした。

「ハンガーなんかじゃなく、それを貸せ！」

嘉藤はノーマルで、常に女の影がある。だからこそ、自分とできないとわかっているから、無茶を言って困らせたかった。確信的な嫌がらせだ。

「わざわざ妙なモノを使わなくても、本物があるじゃないか。嫌だとは言わないよな、ボスの命令だ」

哀れみの眼差しが、困惑に変化する。惣一は薄く笑った。この男はもう一度、自分に謝るだろう。そして「申し訳ない」と頭を下げるのだ。

「私のものでかまわなければ、使ってください」

天気の具合でも答えるように、淡々と了承する。予測と違う反応に面食らった。喉がゴクリと妙な音をたてる。

「惣一さんさえ不快でなければ」

何も言えなくなる。絵に描いた餅《もち》を、冗談半分で「ほしい」と言ったら、本当に出てきた。嬉しいのに、何だか怖くて食べられない、今まさにそんな気分だ。

「冗談だろう」

「冗談なんですか？」

この男は本気だ。本気でアレを使っていいと言っている。脇の下にじわっと汗が滲む。自分はこの男がほしいんだろうか。わからない。正直な話をすれば、もの凄く興味はある。……触ってみたい。

だからといって飛びつくのも、それを切望していたと思われそうで二の足を踏む。落ち着け、落ち着けと自分に言い聞かせ、息をついた。惨めな思いはしたくない。

「使えと言われても、ソレを使える状態にできるのか？」

貸せといっておきながら、差し出されたらそれほどほしくもない、どちらでもいいといった態度を装う。

「試してみないとわかりません」

男はどこまでも正直だった。

「お前はできもしないことを提案したのか」

誠実な男を責める。考えるように視線を左右に移動させたあと嘉藤は「少しだけ時間をいただけますか？」と聞いてきた。

「準備をします」

「勝手にしろ」

どうせ無理だろというポーズで肩を竦め、シーツの中に潜り込む。自分はそれほど期待していないという印象を積み重ねる。

ミシリと隣のベッドが軋む。男は端に腰掛け、トランクスを足首まで下げた。

パジャマの裾を捲り上げて、裾から性器を取り出す。濃い陰毛の下から生え出したそれは、太くて長く、重量感があった。

大きな手が、それを擦り上げる。惣一はベッドに片肘を突き、手のひらで顔を支えていたが、知らず知らずのうちに身を乗り出して男の自慰行為に見入っていた。

擦り上げる指の音がリズミカルに響く。やや乱暴とも思える摩擦に呼応して、おとなしかったそれが徐々に力を増していく。歓喜の滴《しずく》が先端に滲むのに気づいた時、そのグロテスクな生き物を可愛いと思う気持ちが込み上げてきて、そんな感情に戸惑った。

指が止まる。視線が合った。

「……見られていると恥ずかしいですね」

無表情な男の顔が上気しているのは、オナニーで興奮しているせいだろうと思っていたが、それが羞恥からだと知った途端、体の中で熱い獣が暴れ出すような錯覚に陥《おちい》った。握った手のひらに汗が滲む。性器を準備するこの男に、自分も煽られて興奮する。

恥じらいつつも、オナニーは続行される。赤黒く、太く、そして雄々しく伸び出したそれは、もう支えを必要としない。手を離してもゆらゆらと屹立し、存在を主張する。

愛用していたディルドよりも、少し太い。あれが本当に自分の中に入るんだろうか。生身の男を受け入れるのは、五年前に暴力で奪われたあの時以来だ。

二本も挿入され、引き裂かれた記憶は今でも生々しい。思い出すと震えが来る。痛み、快感、自己嫌悪がセットになって頭の中を回り出す。それでも……この魅力的な肉体を持つ男から目が逸らせない。

先端に滲んだ先走りを指先で拭《ぬぐ》い取ると、嘉藤は俯《うつむ》けていた顔を上げた。

「惣一さん」

いつもの調子で名前を呼ばれただけなのに、鼓膜を新しく張り替えたように敏感に響く。

「これで大丈夫だと思います」

「……あっ、ああ」

相槌を打つ。自分の声は上擦《うわず》っている。

「そちらのベッドに行ってもいいですか」

慌てて左に寄った。ベッドはセミダブル以上の広さはあるが、真ん中に寝ていてもう一人が来られるほど広くはなかった。

勃起した男が傍にやってくる。重みでベッドが沈み、自分の体が不安定に揺れる。

「どんな風に使われますか?」

恥ずかしくて「自分に突っ込め」と言えない。男から視線を逸らしたまま「服を脱げ」と命じ

た。返事はなかったが、隣のベッドに投げつけられる抜け殻《がら》のパジャマで、嘉藤が全裸になったのを知る。視線をゆっくりと男に向けた。

少し痩せてはいるが男性味溢れる男が、全裸で勃起して自分を見ている。いつも傍にいて、四六時中顔を合わせているのに、服を着ないで隣にいると、知らない人間のようだ。要求があれば、即座に口にして顎で使う部下だが、今はどう接していいのかわからない。

「惣一さん？」

何の行動も起こさないボスを訝《いぶか》しむ声。ぎこちない仕草《しぐさ》でブリーフケースをベッドの上に引っ張り上げた。中からローションとゴムを取り出し、震える手で男の前に放り投げた。

「……つけろ」

嘉藤はゴムを屹立にかぶせた。そしてローションを手に取り、蓋に手をかけたところで動きが止まった。

「これは惣一さんにつけるんですよね。このままだと塗りづらいので、俯せでも仰向けでも、好きな体位で横になってもらえますか？」

淡々と聞いてくる。その顔に、同性を抱くことへの躊躇いは感じられない。普段、自分の隣にいる時と同じ顔だ。その静けさが気になる。

「……お前、本当にできるのか」

問いかけに、僅かに首を傾げた。

「セックスは女性としか経験がありません。ですが男性へ挿入する手順は見ていたので、ある程度わかります」

この男を自分と玲香のセックスに何度も同席させた。ディルドを挿入の際、玲香には執拗《しつよう》に指で弄ることを要求した。前立腺を擦られると気持ちよかったこともあるが、ほぐさないと痛かった。快楽に苦痛は必要ない。

「どうぞ、横になってください」

促《うなが》されてもなかなか動けない。玲香にペニバンで犯されるのは大丈夫だったが、相手が嘉藤になると少し怖い。いや、嘉藤云々の前に、五年前の恐怖も残っている。

嘉藤はあの男たちとは違う。それに今度は自分が主導権を握っている。止めたければいつだって止めさせることができる。何より自分はあの怒張したものがほしい。入れられたい。アレに擦られ、突かれて感じたい。

迷った末に、おずおずと俯せになった。

「腰を上げてもらえますか」

言われた通りに、膝を突いて腰を上げる。頭は下げたままなので、腰だけ突き出す恰好になる。こちらのほうが尻が高くなって、相手が弄りやすくなる。

「では、失礼します」

パジャマの裾が捲られる。どこか冷たい、スイッとした空気の流れを股間に感じる。

指先が尻に触れた。そろそろと撫でられる。皮膚そのものが敏感になったようで、ザワザワする。優しい触れかたをするんだと思ったのも束の間、女とは違う、強い握力で双丘を摑まれた。

ギャップにビクンと背中が震えると、摑んでいた手がスッと離れた。

「強すぎましたか？」

背後から、心配そうに聞いてくる。

「……急に力が入ったから驚いただけだ。ビクつくからって、いちいち止めなくていい」

「もう一度尻に触りますが、嫌だったら遠慮なくおっしゃってください」

前もって宣言されていたので、二度目に尻を摑まれた時には驚かなかった。丸みを摑んだ指が、奥にある窄まりを露出させようと左右に割り広げる。自分のあそこが見られていると自覚した途端、興奮よりも気まずさで額にドッと汗が浮かんだ。

女性のように官能的で淫らな形をしているわけでもない、ただの排泄器官。そこを見て一気に萎えられてしまう可能性もないとはいえない。

奥に近い部分に生温かいものがヌルッと触れる。まさか、と思ったが滑ったまま窄まりの周囲を這い始めた。背筋がゾクゾクして、窄まりにクッと力が入る。顔をそっと後ろに向けた。腰が動いたのか、嘉藤が顔を上げる。

「どうかしましたか？」

「……何でもない」

再び俯せる。まさか尻を舐めてもらえるとは思わなかった。玲香はしてくれたけれど、プロでもフェラはよくても尻を舐めるのは嫌がる女もいた。

滑った舌は押し広げた窄まりの周囲を、固い襞《ひだ》をほぐそうとするように、ゆっくりと這い回る。

気持ちよくて声が出そうになり、顔を押しつけた枕を噛んだ。穴の周囲をたっぷり濡らしてから、舌は離れた。

「……指を入れますね」

こちらを気遣ってか、声をかけてから奥に触れてきた。固いものがゆっくりと差し込まれ、体がじわっと開かれていく。

「あっ……あっ、あっ」

入ってくる。まだ指一本だけだが、玲香よりも太い。わかる。玲香は細い指で入り口付近をしつこく弄ってくれたが、この指は違う。奥へ奥へと進んでいく。

「中、とても熱いですね」

返事ができない。意識は自分の中にいる指に集中している。

「入り口は柔らかいのに、奥はきつい」

独り言のように呟き、差し込んだ指をぐりっと動かす。突き進むだけの動きに最初に加えられたアクションとしては大きくて、腰が勝手にビクビクッと震えた。

「こうすると、気持ちいいですか？」

コクコクと頷いた。すると指は一本のくせに、中で大きく動き始めた。女の中を弄る時も、こんな風に急にアクセルを踏み込むタイプなんだろか。もう少しゆっくり……と言おうかどうしようか迷う。急激な刺激に体がついていきづらいだけで、気持ちいい。

「痛くはないですか？」

首を縦に振る。すると暴れ回っていた指がスッと抜かれた。痛いと言っていないのに……不満も数秒で、即座に「指を増やしますね」と宣言された。

一本が暴れた後だったので、二本はするりと入る。入り口を二本の指で大きく広げられ、それが恥ずかしくて耳が赤くなった。入り口を慣らしておかないと嘉藤のあれは入らないだろう。わかっていても、中まで覗き見されてそうでたまらない。けどその恥ずかしさに感じているという事実。半勃ちだった自分の股間はもう完成品になっている。

入り口を広げることに熱心だった指が、固まりになってもう少し奥に入ってくる。二本はランダムに動き、ことさら敏感な部分をフッとなぞった。

「はあんっ」

心地よい刺激に、たまらず声が出る。女のような喘ぎ声が恥ずかしくて、歯を食いしばる。視姦プレイを装っている時に「うちの近所の猫みたい」と玲香にからかわれるほどみっともない声で鳴いていたのを散々聞かれている。それなのに嘉藤の指で喘ぐのは恥ずかしい。

「ひいっ、ああんっ」

同じ場所をもう一度強く擦られる。股間が震え、腰が砕けそうになる。背後の男が笑う気配がした。

「ここが気持ちいいんですね」

「ちっ、ちが……」

首を横に振っても、嘘などすぐに見破られる。繰り返しそこを擦られて膝から力が抜け、快感を御し切れず自分の上半身は蛇のように左右にうねった。

「も……そこはやめ……あんっ、あああんっ」

逃れるように前へと這いずっても、引き戻されて指は確実にそこを責め続ける。

「ひっ、ひいっ……やあっ、やあっ」

両手がシーツを闇雲《やみくも》にかき回す。太い指が強烈にそこをえぐってきて、たまらない。腰が溶け落ちそうな快感に、顎を震わせながら「もうっ、もうっ」と首を横に振った。

「やめて、やめて……」

「気持ちいいのではないですか?」

「だから……やっ、あああっ、ああんっ」

グイグイと強い力で刺激され、快感の波状攻撃に息つく暇もない。

「やだっ、やだっ、やだあっ」

両足をばたつかせているうちに、あの感覚が近づいてくる。まさか……と思った。最近は後ろを指で弄るくらいでは射精できなかった。いくら前立腺を刺激されたとしても。

「ちょっ……ちょっと待って、待って……」

拒絶は一種のポーズと判断したのか、弄り方が激しくなってくる。腰を振っても、喜んでいると思われているようで、止まらない。

「あんっ……あんっ……あうっ、ああああっ」

腰が震え、傍若無人《ぼうじゃくぶじん》な指を自分のそこが強く締め上げる。弄られ始めてから一度も触れていない、触れられなかったそこから、快感がほとばしってシーツを汚すのが見えた。

指を銜えたそこはまだ快感でうねっているのに、無造作に引き抜かれる。お気に入りの玩具を取り上げられた喪失感。振り返ると、男はシーツに垂れ流した精液をティッシュで丁寧に拭き取った。

「いけましたね」

満足げな声に、ついカッとなった。

「僕が嫌だって言っているのに、どうして続けた！」

嘉藤はきょとんとした顔で何度も瞬きした。

「僕は指じゃなくて、もっと大きなものを入れられていきたかった。お前はなんのためにそこを準備したんだ」

怒ると「申し訳ありません」と謝ってくる。指も気持ちよかったし、それでいけたのなら文句を言う筋合いもないのに、どうしても……どうしてもアレがほしい。しかも立派なそこは時間が経《た》っても少しも萎えていない。

「今からでは遅いでしょうか」

惣一は半身を起こした。そして足を大きく開き、これ見よがしに自分の股間を指さした。

「これじゃ無理だろ」

溜まった快感を放出したばかりのそこは、力を失いくったりと横たわっている。

「本当に申し訳ありません」

繰り返し謝り、頭を下げる男。今日は冗談が本当になってきた。もしかしたらこれから自分が発する言葉も、現実になるかもしれない。

自分が許さないので、頭を上げない男の髪を掴んだ。強く引き上げる。痛みがあるのか、半開きになった口が右上に引きつれている。唇は意外と肉厚かもしれない。その口に愛撫される自身を想像しただけで、吐き出したばかりの下半身がむず痒くなる。

「フェラして勃たせろ」

命令し、手を離す。嘉藤は小さく息をついただけ、表情も変えず、淫らに広げた惣一の両足、太股を抱えるようにして膝を突いた。期待に胸を膨らませる眼差しの前で、男は貧相なペニスの周囲にある陰毛をそろそろと撫でた。

「ここの毛、剃《そ》られてますか？」

ムードが吹っ飛ぶ問いかけに、眉を顰めた。

「剃るわけないだろ」

「随分と薄いですね」

コンプレックスを刺激され、赤面する。もとから体毛は薄い。腕や足は産毛《うぶげ》程度だ。手足はどうでもいいが、陰部が薄いのは嫌でたまらなかった。玲香に「手入れをしたAV女優みたい」とからかわれたこともある。

嘉藤は薄い陰毛を指先で摘み上げる。

「……お前、陰毛フェチか」

「いいえ。私はないほうが好きです」

視線が合うと、嘉藤は笑うように目を細めた。

「何もないのが好きなので、そう言うと私と付き合う女はみんなここを剃り上げるんです」

嘉藤は薄い陰毛の股間に顔を埋めた。萎えた性器に手を添え、肉厚の舌でぞろりと先端を舐め上げる。惣一は慌てて両手で口を押さえた。そうしないと、変な声を上げてしまいそうだった。

先端から根本へ、そして根本から先端へと熱い舌が繰り返し往復する。括《くび》れの周囲を舌で突かれて、腰が震える。すると動かすなと言わんばかりに太股を抱え込む腕の力が強くなった。自分が命令してフェラさせている。それなのに逆に支配されている。

「あっ、ああんっ」

いい、いい、気持ちいい。自分を舐めている男を見下ろす。ジュブ、ジュブと背筋が粟立《あわだ》つほど恥ずかしい音をたてて、強く吸い上げてくる。玲香のフェラは、猫に舐められているようだった。それも悪くなかったが、今の行為はもっと大きな肉食獣を連想させる。吸い上げられているうちに、食われてしまいそうな錯覚に陥る。目眩がするほど気持ちいいが、少し怖い。一度吐き出してからそれほど時間が経っていないにもかかわらず、刺激的な舌技でそこは戦いを挑む雄の形になった。嘉藤は口を離し、口角から垂れる唾液を手の甲で拭った。

「前よりも、後ろからのほうがよかったんでしたね」

頷くと、体をひっくり返される。そして突き出した腰の、奥にある窄まりを指で押された。

「あんっ……」

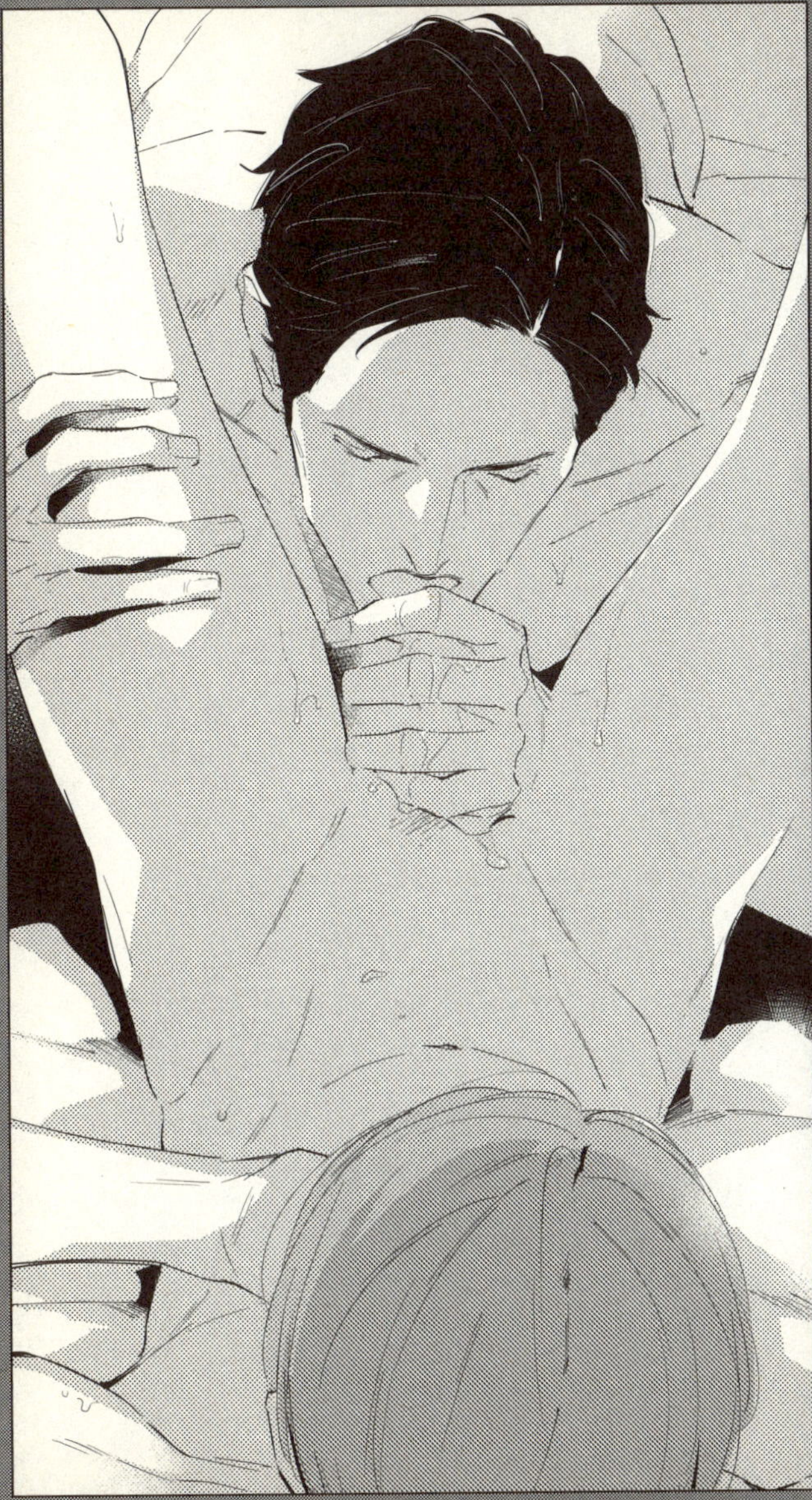

指で弄られ、いかされた後ろは、先ほどの余韻を残してとろけるほど柔らかい。指が増やされても、恥ずかしいほど貪欲に飲み込んで、動いているそれに絡もうとする。

「もういけそうですね。……これから入れますが、痛ければ言ってください」

前置きの後、熱いものが入り口にあてがわれた。嘉藤のそれだと思うだけで、鼓動が速くなる。

指の動きが大胆だったことを考えると、一気に貫かれるかもしれない。身構えていたが、そんな無茶はされなかった。入り口を、もどかしくじれったくなるほどゆっくり押し広げていく。

「あっ……ふっ、ふぁ」

張った部分が内壁を擦る感触に、背筋がのけ反る。痛みはなくても、それが深く入ると下腹の圧迫感が強くなってくる。

「はっ……んっ、んっ……」

息を吐いて、下腹の圧をやりすごす。そうしているうちに、尻にザリッと陰毛の触れる感触があった。あの太くて大きなものが自分の中に根本まで全部入っている。自分は今、串刺しにされて犯されている……想像だけで股間の熱が上がった。

「動きますね」

太い肉棒がゆっくりと内壁を擦る。玩具と違う、本物のそれ。肉体の一部は熱く、そして生々しかった。

「ああっ、ああんっ」

腰が自然に揺れた。声の調子で察したのか、いい部分を狙って擦ってくる。

「あっ、ああっ、いいっ、いいっ、いいっ……」

全身に鳥肌が立つ。玩具の抜き差しなんかとは比較にならない。本物のそれはいい。ローションか先走りか、擦れるたびに結合部はぐちゃぐちゃと卑猥な音をたて、羞恥心を更に煽り立てる。

膝の力が抜け、腕の力も抜け、腰だけ嘉藤に支えられた体。犯されるだけの体。

「ああっ、はあっ……もっと、もっと、もっと」

いい、いい……もうたまらなくいい。男に組み伏せられた自分。みっともなく腰を突き出している自分。雄のペニスに支配される自分……。

「ひいいっ」

勃起した前を握られて悲鳴を上げた。後ろと前、同時に刺激を与えようとしているが、尻だけでもこれだけ気持ちいいのだ。前を弄られたら絶対に失神する。

「そこっ、そこはいいっ」

嫌がっても、手は離れない。親指で先端を押しつぶされて、狂ったように頭を振って身悶えた。

「も、無理……無理……」

「気持ちいいんでしょう。弄ると中がうねってくる」

「ほっ、本当に……」

前を力強くぎゅっ、ぎゅっと握られて「ひゃあっ」とあられもない声を上げた。

「やあっ、ああっ、ああっ、はあっ、あああっ」

されるたび、条件反射のように声が出る。

「ひいっ、ああんっ、ああっ、あああっ」

頭の中にだんだんと白く霞《かすみ》がかかってくる。中を擦られ、外から弄られて、痺れが全身を駆け巡り、今にも息が止まりそうだ。

いつもより何倍も強いあの感覚がきて、「あああっ」と声を上げた。死ぬ。このままじゃ絶対に死ぬ。気持ちよすぎて死ぬ。

頭の中で光が弾ける。真っ白……ホワイトアウトする思考。失神しながら、惣一は嘉藤の手の中に雄の欲望を吐き出した。

……ぼんやりと目を覚ますと、間近に嘉藤の顔があった。指が前髪をかき分けてくれる。

「大丈夫ですか?」

よくわからないまま、頷く。

「気分は悪くないですか? 短い時間ですが、気を失っていました」

刺激的なセックスが脳裏を過《よぎ》る。興奮は過ぎ去っているが、まだ夢の中にいるように体がふわふわしている。

声を出さず、小さく唇を動かした。嘉藤は聞こえない声を聞き取ろうと、口許に耳を寄せてくる。惣一は両手を伸ばして男の首に手を回した。

自分に引き寄せ、キスする。何度も何度もキスを繰り返し、舌を差し入れた。惣一から誘いかけたキスはすぐに主導権が奪われ、激しく舌を絡め合う。

唾液で濡れた唇で「欲しい」と欲望を口にする。

「おっきくて太いの、欲しい」

さっきから後ろが寂しくてたまらない。あの強烈な気持ちよさをまた感じたい。

「無理はされないほうがいいかと」

嫌々をする子供になり首を横に振った。

「やだ、欲しい。あれでかき混ぜて、中をぐちょぐちょにして」

下半身をこすりつけて、卑猥にねだる。

「してさしあげたいですが、私もすぐには無理です」

宥《なだ》めるように頭を撫でられた。

「じゃあキスして」

そっちの願いは叶えられた。もう酸欠になるんじゃないかと思うほど口の中を蹂躙《じゅうりん》されているうちに、嘉藤が再び息づいてきた。

それを察した時点で、仰向けになって自分で両足を抱え込み、ねっとりとした視線でペニスを誘った。密着してくる体。押し潰される感覚。すっかりほぐれたそこを犯す灼熱の肉の棒。

「ああんっ、ああっ、あっ、あっ、あっ」

角度が変わると、あたる部分も微妙に変化する。強い力で腰を押さえられ、快感が抜き差しされ、自分の中を出入りしているのが見える。

「ああっ、いいっ。いいっ、そこいいっ。もっと激しく突いて、突いて」

どんな恥ずかしい恰好でもする。どんな恥ずかしい言葉でも口にする。この快感を味わえるなら、何でもする。

「ああっ、ああっ、んんっ……あんっ」

だからその棒でもっと犯してほしい。気持ちよくしてほしい。ここにいるのは二人だけ。誰も見ていない。だから淫乱な雌犬に成り果てる。あさましくみっともない雌犬になって、男のペニスに歓喜し、串刺しにされたそこから更に快感を引き出すため、必死になって腰を振り続けた。


雪は夜のうちに止《や》んでいた。昼には高速道路も通っていたが、東京には戻らなかった。二日間、ホテルの部屋から一歩も外へ出ず、嘉藤をベッドに引きずり込んで、朝から晩までセックスした。自慰を覚えた中学生のように夢中になった。男の性器を銜え込むことに必死で、寝食すら忘れがちになる。舌はもう、嘉藤の精液の味を覚えた。後ろは嘉藤の指の動き、陰茎の形を記憶した。

嘉藤は精力が強く、際限なくほしがる雌犬によく付き合ってくれた。股間に毛はないほうが好きだという男に、自分の陰毛を剃らせた。薄い毛がなくなるみっともなさよりも、毛を剃ることに興奮している嘉藤を見ているのが楽しかった。

やり疲れて短い眠りにつく間も、二人でどこか南の島へ行きたいと妄想した。一週間ぐらいセックスだけして過ごしたい。

肉欲に溺れ、頭も体もぐずぐずの自分と違い、部下は冷静だった。三日目には「帰りましょう」と提案された。嫌がると「明日、会合の予定があります」と言われてしまった。スケジュール確認を怠《おこた》ったことのない自分が、すっかり忘れていた。それも無理はない。乳繰り合っている間、自分は最低限の仕事、メールチェックすらしなかった。

帰ることに同意し、久し振りに服を着た。帰りの車の中では、後部座席でずっと横になっていた。腰を使いすぎたせいで、座っているのが辛かったからだ。それを察したのか、嘉藤が柔らかいクッションを車内に持ち込んでくれた。

場所が変わっても、どこか夢見心地だった。セックスでこれほど興奮し、満たされたのは初めてだ。足の指の先まで痺れる快感。あの味を覚えてしまったら、もう二度と知らなかった頃には戻れない。

助手席に座っている男を後ろからじっと見つめる。スーツに隠されてしまっているが、その体がどういう肉の付き方をしているか、どれぐらいの硬さか、どういう味なのか……肉体の全てを自分は知っている。

男と、バックミラーで視線が合った。

「大丈夫ですか」

ねっとりと視線を絡めて「ああ」と答える。

「休憩したくなったら、おっしゃってください。車を止めます」

頷いて、クッションに顔を埋める。声を聞いただけで腰が淫靡に疼く。二日間、嫌というほど男を貪ったはずなのに、まだセックスしたい。厚い胸の重みを感じ、両足を広げ無毛の股間を恥ずかしげもなく晒し、貫かれたい。喘ぎたい。失神するほど揺さぶられたい。

その願いは、あと数時間後に叶えられる。マンションに帰り着くからだ。会合の予定は明日の夜なので、それまで丸一日はあの体を独占できる。

満ち足りた気分で目を閉じる。ずっと女で誤魔化してきたが、至福の快感は男でないと得られなかった。それを知っても、絶望や嫌悪はない。やっぱりそうかと事実を見つめるだけだ。

……自分の性癖を自覚し、受け入れる。そして最高で理想のセックスを与えてくれた男が嘉藤でよかったと、心からそう思った。

マンションの駐車場、そこからエレベーターの前まで二人のボディガードがついている。だが乗り込む時は、嘉藤と二人きりになる。中には自分たちの他に誰もいない。

惣一は隣に立つ男の顔をじっと見ていた。嘉藤は惣一の荷物を持ったまま、エレベーターの表示を睨《にら》んでいる。途中で止まる階がないか、誰か乗ってくるなら危険性はないか、注意しているのだ。

男の横顔を視界の端に想像する。この狭い空間の中で男に犯される自分を。いつエレベーターの扉が開き、誰かに見られるかもしれないというスリルに身を任せて……妄想にひたっているうちに、箱が止まり、我に返った。頼れる男は周囲を確かめ「出てきて下さい」と惣一を呼んだ。

何ごともなく、三日ぶりに自分の家に帰ってくる。部屋の中は換気をしていなかったせいで、空気が淀んでいた。時刻は午後四時になろうとしている。名古屋を出たのが十一時過ぎ。休憩を取らずにひた走ってきても、この時間になった。

部屋の中まで荷物を運び込んだ嘉藤は「では私はこれで失礼します」と頭を下げた。隣の部屋に戻るつもりなのだろう。

「何か飲んでいかないか」

それを口実に引き留める。すると「私は……」と断る気配を漂わせた。

「飲みたい気分なんだ。一杯付き合え」

「晩酌にはまだ少し早いようですが」

「酒は飲みたい時に飲むのがいいんだ」

惣一はワインセラーから秘蔵のワインを取り出し、抜栓した。芳醇《ほうじゅん》な香りのする赤い液体をグラスに注ぐ。自然の芸術品で満たしたグラスを男にも手渡した。

「ありがとうございます」

礼を言って受け取っても、惣一が飲むまで口をつけない。主人を優先する、どこまでも生真面目な男だ。

酒は弱くないのに、グラス一杯で頭がくらくらする。足元が怪しくなり、慌ててソファに座り込んだ。空腹だったから余計に回ったのかもしれない。そういえば昼を食べていなかった。何度か薦められたが、断った。食べなくてもずっと腹の中に何かあるような気がして、満ち足りていた。

「大丈夫ですか」

聞き慣れた声。何度も耳許で聞いた声。右手の人差し指を軽く曲げて呼ぶ。近づいてきた男の腕を取った。

「……ベッドに連れていけ」

熱っぽい雌犬の視線で誘う。男はそんな自分をじっと見下ろしている。

「歩けない」

促すと、横向きに抱きかかえられた。ホテルでも、腰の立たなくなった自分を同じように抱き上げ、何度もバスルームに連れていってくれた。

寝室のベッドに優しく横たえられる。男は離れようとしたが、引き留めた。シャツを摑み、体を引き寄せる。キスをしたかったのに、肩を摑んで押し返された。

「……少しいいですか」

真剣な顔だ。このまま情事には無理そうで仕方なく腕を離す。いったんベッドを下りた嘉藤は「ここを開けてもいいですか」とベッドサイドに置いてあるチェストを指さした。

引き出しの中には、ゴムやローションが置いてある。玲香との情事を見ていた嘉藤は、それを知っている。前もって準備をしておきたいのだろうと思い「ああ」と頷いた。

引き出しの中からローション、ゴム、ディルドが次々と取り出される。

「これをどうぞ」

目の前に差し出されたのは、男性器を模《も》した玩具。名古屋に持っていき忘れた……買ったばかりの……。

「こちらでお願いします」

何を言われているのか、意味が分からない。

「昨日の昼、組長から電話がありました。帰ったら屋敷に顔を出すよう言われています。長く留守にしてしまったので、帰りに歌舞伎町の事務所へも寄ってきます」

用があるから、その間はこれで慰めろということだ。渡されたディルドを力一杯壁に投げつけた。

「馬鹿にするんじゃない」

大声で怒鳴る。嘉藤は無表情のまま、転がるディルドと自分を交互に見ている。

「馬鹿になどしていません」

「お前がいない間、あの玩具で我慢してろってことだろうが！」

男は右手で顎を押さえたまま、しばらく黙っている。沈黙の間に、頭が冷静になった。組長である父親の命令に嘉藤が抗《あらが》えないのはわかっている。ただ留守番する子供に玩具を渡すようにディルドを与えられたことにムカついただけだ。自分の気持ちを落ち着かせながら「何時に帰ってくるんだ」と聞いた。

「少し待って頂けますか。一日……いや、二日ほど」

組長に顔を見せ、歌舞伎町の事務所に行ってくるだけなら、二、三時間もあれば十分だ。

「お前は事務所へ何をしに行くんだ？　家でも建ててくるつもりか」

盛大な嫌みを投げつける。

「事務所へ行くことと、待ってほしいと言った二日は関係ありません。好みのタイプを教えていただければ、責任を持って安全に遊べる男を探してきます」

頬がヒクヒクと引きつれる。

「男の味を知り、そちらのほうがよくなったから、ベッドを共にできる男がほしいということですよね。相手の選別は慎重に行いますが、不安でしたら玲香さんの時のように私がしばらく付き添います」

……胸が痛い。キリキリする。意味がわからない。言われている意味が全く理解できない。

「お前でいいじゃないか」

「私は遠慮させていただければと思います」

あっさりと拒絶される。

「他の奴なんか探さなくても、お前なら安全で面倒がないじゃないか」

短い沈黙。嘉藤は腰に手をあてた。

「安全という点では、おっしゃる通りだと思います。ですがこういうことは分けて考えたほうが……」

嘉藤がノーマルだというのは知っていた。知っていたが納得できない。

「僕に何度も何度も突っ込んだじゃないか！」

駄々っ子を見る目で、見下ろされる。

「私は性欲が強いですし、勃起するので行為はできます。先日のように、命令されればお相手はできますが……」

甘い結合と、激しいキス。自分を蹂躙する、声、指、体。あれは恋人同士の交わりだった。そうでなければ、あんなに気持ちよくなれるはずがなかった。

「僕が嫌なのか」

詰め寄ると、困った顔をする。

「私のしたことで、何か誤解させてしまったのであればお詫びします。申し訳ありませんでした」

深く頭を下げられる。

「ペニスを貸せと言われたので、貸しただけ。私の中では、命じられるままお相手をしたという認識でした。私はさっき投げつけられた玩具と同じ、ただの道具です」

「僕の中でイッたじゃないか、何回も、何回も」

事実を突きつける。沈黙は長かった。

「寝たことで、私に情が湧きましたか？」

ストレートな問いかけに、奥歯を噛み締める。沈黙は肯定《こうてい》と捉《とら》えられた。

「それならなおのこと、私はやめておいたほうがいい。本橋組の跡目としての才覚を持つ惣一さんを私は尊敬しています。ですが情人という関係を持つことが最良とは思えません」

「お前はいつも僕と一緒にいる。一緒にいるなら寝ても同じことだろうが」

拒まれる理由がわからない。あんなに情熱的に激しく自分を抱く男が、男を抱ける男が、何を躊躇っているんだろう。

「私は惣一さんを尊敬しています」

もう一度、繰り返された。

「同性愛に偏見もありません。性嗜好は多種多様で、それは個人のプライベートです。しかし理解できることと受け入れることは別物です」

「当たり前だ」

嘉藤は黙り込み、そして時間を気にする素振りを見せる。真剣な話をしているのに、組長や事務所を気にする態度に腹が立つ。

「はっきり言います。私はあなたを尊敬しているし、抱くこともできますが、女のように愛することはできません」

息を呑んだ。

「私は好き者で節操がありませんから、抱けと言われれば男でも抱きます。ですがそれ以上の感情を求められても、応《こた》えることはできない。あなたは情のある人だ。建設的な関係を結びたければ、もとから同性が好きな男を選んだほうがいい」

体が震える。情熱的に求め合った二日間の記憶が、片っ端から崩れていく。

「そんな顔をしないでください」

そんな、と言われる自分の顔は見えない。

「抱くのであれば、たとえどんなに年寄りで不細工《ぶさいく》だったとしても私は女のほうがいい。本当に申し訳ありません」

男は深く頭を下げ、そして時計を見た。

「今から出かけます。話があるようでしたら、続きは帰ってきてからでお願いします。いつも通り、マンションの中と外に警備の者はいますので」

床に転がるディルドを拾い上げ、棚の上に置いてから嘉藤は出掛けていった。ドアの閉まる音が、ガチャンというそれがことさら大きく胸に響く。

ベッドの上、惚けたように座り込む。気が遠くなるほど交わり会った記憶が、急速に色褪《あ》せていく。自分は何だ？　あの男にとって自分はいったい何だったんだ？　情熱的なキスは演技か？　耳許に聞こえた切ない吐息は……自分の中で大きくうねったアレは……。

意味がわからない。いや、わかってもわかりたくない。あの男は自分が夢中になるほど夢中ではなく、自分がよがり狂うほど感じていなかったということを……。

遊ばれたわけではない。やれと命令したのは誰でもない、自分だ。生真面目な男は、命令を忠実に実行しただけ。自分は十二分に満足した。だから怒れない。そして泣くこともできずに、男が消えていったドアを茫然と見つめていた。


シャワーを浴びて寝室に行くと、男が自分のベッドに腰掛けていてギョッとした。歳は二十代半ばだろうか。茶髪で、肌も浅黒い。ピアスの形が下品だ。顔の作りは悪くないが、品のなさが全てを台無しにしている。

依頼主の下した「最悪」のジャッジなど知るよしもない男に、愛想のいい顔でニコリと微笑まれ、思わず俯いた。ドアから一歩入ったまま動けずにいると、男が近づいてくる気配がした。俯き加減の視界の端に足が見える。

「こんにちは」

服を着ていても、どういう体で、どんなペニスの持ち主か知っている。事前に写真を見てチェックしているからだ。

ファイルを手渡されたのは、二時間ほど前。……お気に入りのワインをじっくりと味わっている時だった。嘉藤と懇意にしていたキャバ嬢が、数百万のはした金で街を出たと報告を受け、久し振りに気分がよかった。嘉藤はその女に執着しておらず、性欲を処理するために特定の相手を決めていただけのようだったが、それでも目障りで仕方なかった。

「何のファイルだ?」

株関係の事務処理は嘉藤に一任してあるが、書類を見せろと言った覚えはない。それとも組長の父親から何か預かってきたんだろうか。

「その中でお気に召す者がいれば、手配します」

部下を増やせということだろうか。正直、警備以外で自分の周囲に人は増やしたくない。頭が悪いだけの男が束になっても、弾避け以外に何の役にも立たない。

ファイルを開くと、ヤクザらしからぬ優男《やさおとこ》の全裸写真が目に飛び込んできて、ワインを吹き出しそうになった。そこには男の身長と体重、陰茎のサイズまで事細かに計測し、明記されている。

次のページも男の全裸写真で、同じように股間のサイズ入りだ。どうして裸の男の写真ばかり……考えているうちに、ある結論に辿《たど》り着く。足元から燻《いぶ》されるように、怒りがふつふつと込み上げてきて、勢いよく男のメニュー表を閉じた。

「これは何だ？」

突き返しても「そのままお持ちください」と受け取ろうとしない。

「ふざけるな！」

ファイルを投げつけると、よけもせずに顔面で受けた。

「僕は男がほしいわけじゃない！」

赤くなった顔もそのまま、嘉藤はファイルを拾い上げて書類棚の端に差し込んだ。

「そんなもの捨てろ！　部屋に置いておくんじゃない」

部下はじっとこちらを見ていたが、無言でファイルを書棚から抜いた。

「中の写真を破け」

忠実な犬は言われた通り、最初のページにあった裸の写真を引き抜いて破いた。

「全部破け」

黙々と、一枚一枚ダストボックスの上で写真を破いていく。最後の一枚まで破り切ったのを確かめてから、惣一はダストボックスを勢いよく蹴った。

散り散りになった写真が、ゴミと共にフローリングに散乱する。

「……やっぱり見てみたくなった。破った写真をつなぎ合わせろ」

「十分あれば、新しいものをお持ちします」

「僕は破った紙の写真がいいんだ。サッサとしろ」

無言で部屋を出ていかれる。流石《さすが》に怒ったのかと思ったが、セロハンテープを片手に戻ってきた。破った写真を拾い集め、床の上で繋ぎ合わせる。細切れになるほど破いたわけではなかったので、一時間ほどで五枚のコピーは……歪《いびつ》な形で再現された。

動物園の獣のように、一方的に交尾の相手を押しつけられたことに激しい怒りを覚えていたが、つぎはぎだらけの写真を見ているうちに、虚しくなってきた。この男にとって、自分は獣と同じで、相手さえあてがっていれば満足するだろうと思われている。

……自分は獣ではないし、誰が相手でもいいわけじゃない。そのことにこの男は気づいていない。床に並べられた、ボロボロの五枚。ソファから立ちあがり、真ん中の男の写真を足でギリギリと踏みつけた。

「こいつを呼べ」

ちょうど踏みやすい位置にあっただけ。誰でもよかった。「承知しました」と頭を下げた男は「今からすぐでよろしいですか？」と確認してきた。

「君、色が白いね」

男は遠慮なく自分の顔に触れてくる。複数の男に犯された記憶と、安全と言われても安心できない恐怖に体がビクッと震えた。そんな反応が男慣れしていないと見えたようで「こういうこと、初めて？」とくぐもった声で笑った。

「監視がないと駄目って過保護だね。どれだけ箱入りで育てられてきたの？」

セックスの相手に、素性は一切話していないと嘉藤に言われた。金持ちの息子だが、世間体があるので秘密を守れて安全な男を買っているんだと伝えてあると。

秘密保持のために、男はこの部屋に入った時点でスマートフォンなどの通信機器を嘉藤に預けている。肉体を与えるためだけに寄越され、その記憶しか持ち帰らぬよう契約されていた。

「どんな風なセックスがしたい？」

男は惣一のバスローブの裾を割り、股間を握り締めてきた。

「ひっ」

いきなりで驚いた。部屋の奥、椅子に座っていた嘉藤が腰を浮かしかける。

「どんなって聞かれても、慣れてないならやり方もわかんないか」

男が股間を握った右手に、ゆっくりと力を入れる。握りつぶされるんじゃないかという恐怖に、思わず「嫌だっ」と体を捩った。

「何が嫌なの？　まだちんちんしか触ってないのに。揉まれると気持ちよくない？」

男の目が笑っている。小馬鹿にするように、卑猥に。

「やっぱ初めてでしょ。教えてよ。三十過ぎて童貞でも、馬鹿にしたりしないからさ」

もうとっくに人のことを貶めている。言葉で、態度で。

「けっ、経験はある」

「そうなの？　けど全然慣れてないよね。ひょっとして下手くそなだけ？」

唇が歪む。最悪だ。こちらを見ている嘉藤と目があった。

「いっ……」

今すぐ追い出せ、と言おうとしたのにいきなり抱え上げられた。ベッドの上に押し倒され、勢いのままキスで口を塞がれる。

「んっ、むっ……」

折り重なってきた男が、一方的に舌を絡めてくる。動きが激し過ぎて息苦しい。顔を背けても、顎を摑まれて逃れられない。

雑な舌先が、舌裏や口蓋《こうがい》を探る。そこに触れられたら、たとえそれが綿棒であったとしても刺激に敏感な体は感じてしまう。

「あっ……ふっ」

鼻から息が漏れる。男の手が惣一の陰茎を陰嚢ごと摑み、洗い物でもするかのように強く揉み上げる。痛くて眉間に皺が寄る。すごく痛いのに……痺れに似た快感が腰にジワジワと溜まっていく。

計画と違う。本当は派遣されてきた相手に与えられる愛撫を無視して、感じていないふりをするつもりだった。あてがわれるだけの男では満足しないと、自分は動物園の獣じゃないんだと証明するために。

それなのに男が乱暴で、抵抗もできず……感じることを止められない。勃起だけはしたくないのに、キスをしながら尻の周囲を弄られる。男は惣一が口角から溢れさせた唾液を指先ですくい取り、股の間の深い部分に塗り込めていった。

「オッサンさぁ、悪いけどゴムとジェル取ってくんない？」

男が嘉藤に声をかける。ようやく解放された唇で、惣一は声を上げた。

「はっ……離せっ」

大声を出したつもりだったのに、息が上がって語尾が掠れる。上手く喋れない。両手を男の肩にあて押しのけようとすると「んっ？　どうしたの？」と男が耳にしゃぶりついてきた。耳穴に舌先を差し込まれて、力が一気に抜ける。

「指にゴムつけてくれる？」

男が突き出した中指と人差し指に、嘉藤が無言でゴムをかぶせる。そのシュールな様を、涙目になりながら見ていた。

「かっ、嘉藤。ぼ、僕はいっ……あああっ」

男の指がヌプリと尻の間に差し込まれた。

「ひいっ、嫌あっ」

みち、みちと奥まで侵入してくる。秘する場所に入った二本の指に中をぐりぐりとかき混ぜられて、背中が反り返った。足先や膝頭がピクピク震える。

「初めてじゃないっての、本当だったんだ」

耳許で男が囁く。

「尻の感度、よすぎ。笑っちゃうよ。俺、男と女どっちでもいけるけど、尻でこんなに感じる奴を見るのは初めてかも」

「嫌だっ、抜けっ」

「意地張ってないで、気持ちいいって素直に言いなよ」

擦り上げられて「ひいいっ」と悲鳴が出た。指は器用にグリグリと中を犯していく。尻の中のいい部分を探し当てられ、ねっとり執拗に擦られる。

「あああっ、あんっ、あんっ……やあっ、やあっ……ぐりぐり……やああっ」

両手を振り乱して暴れた。男は「お兄さん、声でか。うるさい」と苦笑いする。中を擦られて、目まぐるしい快感のうちに欲望が暴発する。相手の腹に吹き上げたそれは、蜂蜜のようにねっとりと垂れた。

休む間もなく、両足を大きく抱え上げられる。指よりももっともっと大きなものが中にずるりと入ってきて、下腹にクッと力が入る。

少しだけ上半身を起こした。自分の股の間に、蛇がいる。蛇はゆっくりと頭を引き抜き、そして勢いよく突き上げてくる。

それは、嘉藤のじゃない。わかっていても……興奮する。体温があがり、呼吸が速くなる。全身で蛇に歓喜する。

「あっ……あうっ……」

涙が零れた。男は薄ら笑いを浮かべながら、わざと深く差し込み、股間に自らの固い陰毛をじょりじょりと押しつけてくる。

「もう、もう嫌っ……」

触られてもいないのに、乳首は膨れて尖る。陰茎はみっともなく屹立し、腰を打ちつけられるたびに振り子のようにぶらぶらと左右に揺れた。

「何が嫌なの？　中うねってるし、前はガチガチじゃん」

男がからかう声で聞いてくる。

「それとも、嫌っていうのは口癖？　嫌がってるのをやられるっていうシチュエーションが好きとか？　もしかしてレイプ願望あり？」

「違うっ」

否定したのに、男は「じゃあさ」と笑った。

「エロいお兄さんに、最高に気持ちいいことしてやるよ。俺、けっこう体が柔らかいからさ」

男がぐっと前屈みになる。何をするのかと思えば、挿入したまま屹立する惣一のペニスを口腔に含んだ。

「えっ、えっ……」

後ろを犯しながら、ペニスを銜えてくる。

「やっ、やあああっ。ひいっ、あああっっ」

生温かい口腔で、ガチガチの自分が翻弄《ほんろう》される。舌で擦られて、じゅぶじゅぶと音をたててきつく吸われる。全身の皮膚がピリピリする。心臓が止まりそうだ。もっと強く、もっと吸って。ズンズン突きながら、もっと、もっと……。

「いいっ、いいっ……あぁっ、あぁっ」

涎《よだれ》を垂らしながら喘いだ。揺れる視界の端に、嘉藤の姿が過る。情事を目の当たりにしてもその顔は興奮することなく、冷静に自分が乱れる様を……見ている。ガラスケースの中の実験動物でも観察するように。

胸がキュッと萎《しぼ》み、キリキリと締め上げられる。涙が零れた。自分は何だ。したくもない相手に犯される姿を見せつけて、何を……している？

激しい自己嫌悪に陥っても、体は快感を追い求める。与えられる刺激を貪欲に飲み込む。ポロポロと涙が出るのに、虚しいのに、気持ちいい。助けて……ほしい。快感はまるで濁流で、うねりに飲み込まれる。……頭がおかしくなる。

「いい、いいっ、いくっ、いくっ……あぁっ……」

叫びながら射精する。打ち上げられた魚のようにビクビクと体を震わせる惣一に、男は「やっぱ声、でかい」と笑いながら耳許に囁いた。

終わると、男は早々に帰された。一人、ぽつんと残された寝室には何もない。自分にまとわりつく精液の匂い以外は。不愉快なそれを洗い流そうと、ベッドから起き上がる。腰に力が入らず足元がよろけた。ふらついていると、男を送っていった嘉藤が戻ってきた。「お手伝いしましょうか」と声をかけられたが断った。……今は触れられたくない。

何とかバスルームには辿り着いたが、そこが限界。しゃがみ込んだ自分の背中に、湯の雨が容赦なく降り注ぐ。薄汚いものを洗い流していく。惣一は垂れ下がる自分のペニスを見た。名前も知らない男の肉体は、自分を喜ばせた。貧相なそれも歓喜し、揺さぶられるたびにはしゃぐ犬のようにブルブル震えた。気持ちよかった。それなのに今すぐ殺してほしいと思うこの感情は何だ？ 男を呼んだけど、楽しんだけど、本当はしたくなかった。あんな風に感じたくなかった。それを見られたくなかった。知られたくなかった。

また涙が溢れてくる。どうして泣く？ 嘉藤がよかった。嘉藤がほしかった。嘉藤とああなりたかったのに、どうして……。

誰であろうと屹立した雄を挿入されれば歓喜する体。そんな雌犬染みた自分の正体など、知りたくなかった。

シャワーの圧を上げる。中途半端に開いた口に入った湯で、大きくむせ込む。背中を丸め、顔を覆う。激しい水音に叱咤され、じわじわと床にへばりつくようにして惣一は号泣した。

上着の内ポケットに入れてあったスマートフォンの振動でフッと目が覚めた。後部座席のシートに深く座り込んでいるうちに、うとうとしていたらしい。

メールが一通届いている。浜中《はまなか》からで、由紀《ゆき》のマンションは引き払われていたという報告だった。鬱陶《うっとう》しいほど電話やメールを寄越してくる女だったのに、二日前からフッと連絡が途絶えた。最初は忙しくて気づかなかったが、二日目になって「もしや」と思い、部下の浜中にマンションまで様子を見に行かせた。

ご苦労、と返信してスマートフォンをしまう。同時にまたか……とため息が漏れる。

「お疲れですか？」

運転している島《しま》が、バックミラー越しに聞いてくる。

「いや」

島はククッと喉を震わせて笑った。

「嘉藤《かとう》さんが居眠りしているの、初めて見ました」

小さく肩を竦《すく》め、嘉藤は窓の外に視線を飛ばす。マンションに着くまで、あと五分もかからないだろう。

「……島、向森町《こうもりちょう》まで戻ってくれるか？」

「えっ、あ…………はい」

右に方向指示器を打ち、車がターンする。昔は車やバイクでかなりやんちゃをしていたそうだが、島の運転はスムーズだ。遠目でもわかる……要塞《ようさい》のようにそびえ立つ、高層の高級マンションが遠くなっていく。

「あの、聞いてもいいですか？」

遠慮がちに島が口を開く。

「何だ？」

「いや、その……大したコトじゃないんですけど、嘉藤さんほどの人でも、惣一《そういち》さんはおっかなかったりするんですか？」

眉を大きく引き上げ「そうだな」と答える。島が「やっぱり」と言わんばかりの重苦しいため息をついた。

「男のわりに華奢《きゃしゃ》だからおとなしそうに見えるけど、やっぱ本橋《もとはし》組の跡目ですもんね。俺も惣一さんの下について二年ですけど、とてもじゃない声なんてかけられないです。大学出のインテリだし、何か言っても鼻で笑われそうで」

島が短い髪をボリボリとかく。今、惣一の直属の組員は自分を含めて十人。しかし用がなければ惣一は自分以外の、下の者に声をかけることはない。なぜなら下っ端《ぱ》は替えのきく駒《こま》程度の認識しかないからだ。ごく一部、限られた人間しか信用しない。昔からその傾向はあったが、例の事件があってから余計にひどくなった。

「本橋組が他の組から一目置かれているのは、惣一さんがかき集めてくる金のおかげですよね。

俺にはそんな金、一生かかっても作れっこねえし、すげーって素直に思うんですけど、ああいう世界の違う人と四六時中一緒にいると、息が詰まりそうになりませんか。色々あったし、惣一さんにボディガードが必要ってのはわかるんですが、だからって嘉藤さんぐらい上の役職の人が住み込んでまで世話するっていうのは……」

「……青になったぞ」

フロントガラスの向こうを指さす。島は「あっ、はい」と前を向き、アクセルを踏み込んだ。話はそれきりになる。島は勘のいい男なので、もう聞いてくるなという自分の気持ちを察したのかもしれない。

向森町に入ると、海が見えてくる。ここは海岸に沿って細長い町だ。堤防沿いをしばらく走り、適当な場所に停めさせ、車の外へ出た。

前髪が逆立つほど風が強く、潮の匂いがきつい。遠くに夜釣りらしき船の明かりが見える。初夏のこの時期は何が釣れるんだろう。

島は堤防を背に座り込み、スマートフォンを弄《いじ》っている。嘉藤は堤防の上であぐらをかき、煙草を取り出した。風が強くてなかなか火がつかない。

夜の海を見たいと思ったわけでもない。マンションに帰るのを少し引き延ばしたかっただけだ。

半年前から本橋組組長の一人息子である惣一のボディガードとして、マンションの同じ部屋で暮らしている。昼間、惣一には二人態勢で警護がつき、夜は「世界最高のセキュリティ」が謳《うた》い文句のマンションに守られている。エントランスの形、監視カメラ、警備員の配置と入り口のセキュリティは完璧で、玄関ドアも鉛入りの特注品。窓が防弾ガラスなのはいうまでもなく、念には念を入れて両隣の部屋も借り上げている。爆破でもしない限り、惣一を傷つけることはできないだろう。それだけ堅牢《けんろう》な場所にいるので、誰も招き入れなければ部屋の中でまで警備は必要なかった。

最初「同じ部屋で身辺警護をしろ」と惣一に命じられた時は戸惑った。もとから隣の部屋には住んでいたわけで、何かあれば秒で駆けつけられる。部屋の中がどれほど安全かを懇々《こんこん》と説明しても、不機嫌な顔で黙り込んだまま……撤回はしてくれなかった。

話のあった翌日、今度は本橋組の組長に自宅まで呼びつけられ、直々《じきじき》に「すまんが嘉藤、倅《せがれ》が安心するまでしばらく一緒に住んでやってくれんか」と頼まれた。以前の「事件」の後遺症で夜も眠れず、信頼できる人間に夜も傍《そば》に居てもらったほうがいい……と書かれた医者の診断書を、昨日の日付のものを見せられた。

頭のいい男はそうやって裏から手を回し、逃げ道を塞いでくる。自分が組長の命令に逆らえないことをよく知っているのだ。

共に住むのが嫌なわけではない。自分が本橋組に入った時はまだ古い慣習が残っていて、部屋住みは便所掃除から始めた。寝床は三畳の板の間で、そこに下っ端の三人が押し込まれた。その頃に比べれば、同じ部屋に住むと言っても個室を与えられているので、生活するという点において不満はない。

問題は、惣一との……物理的な距離が近すぎるということだ。潮風になぶられる髪に右手を突っ込み、嘉藤はゆるくかき回した。

人にはそれぞれ長所、短所がある。学はなくとも気遣いができて頭の回転が速い島のような男もいれば、腕力こそないが明晰《めいせき》な頭脳で莫大な金を作り出す惣一のような男もいる。

ヤクザが武力を盾に頭の悪い喧嘩《けんか》を売る時代は終わった。これからは知恵と金がモノをいう。惣一も暴力をふるうことに躊躇《ちゅうちょ》はないが、それが最初の選択肢に来ることはない。これから先、十年、二十年先が見えている男だ。

この人ならついていける、確信してその下で働いてきた。自分にとって理想的だった男の唯一の問題点は、その性癖だった。

ヤクザの中でも、変わった性癖の輩《やから》はいる。ムショ暮らしで目覚めて男を好むようになった勤め上がりも珍しくない。惣一の変わった性嗜好も気にしていなかった。幼児趣味で「子供を準備しろ」と言われるより、ペニバンをつけて男を犯せる女を探すほうが何倍もましだ。ＳＭ的要素のあるプレイは、女にも知識と技術が必要になる。以前はそういうことができる女を恋人にしていた。聡明で口が堅く、惣一に惚れている。裏社会のトップの男が囲う女として理想的だった。

ペニバンをつけた女に尻穴を突かれ、発情期の猫のように喘ぐ惣一を数えきれないほど見てきた。もしかしてこの人は男のほうがいいんじゃないだろうかと思うこともあったが、本人が「ペニバンの女」がいいと言っている間は黙っていた。雄のプライドから「男に犯されたい」という願望を認められないのかもしれないし、本人が納得しているならそのままでいい。自分を誤魔化《ごまか》し続けても、死ぬまでそれで押し通すなら嘘は真実になる。

転機になったのは、忌まわしいあの事件だ。私怨で命を狙われた惣一は、敵対する組の人間に集団で暴力を受け、陵辱《りょうじょく》された。逆を言えば陵辱されたせいで、奴らを楽しませる時間があったおかげで早々に殺されず、助けられたと言える。それは幸いだったが、身も心もズタズタにする暴力が残した疵《きず》は深かった。

昼間はボディガードがいないと外出できない。不特定多数の人と同じ空間に長時間閉じ込められるという状況に耐えることができず、電車やバス、飛行機にも乗れない。ホテルに泊まる際は、ボディガードが四人は必要で、かつ同じ部屋に自分が泊まらないと眠ることもできない。

不安は、そのまま人への不信感に繋がった。事件の後は、自分以外の人間と二人きりになることができなくなった。そのせいで変態趣味を理解していた恋人とも拗《こじ》れ、別れざるをえなかった。

ペニバンで突っ込んでくれる相手が去っても、性欲は消えない。それからは男性器を模《も》した玩具、ディルドで自らを慰《なぐさ》めるようになった。

半年ほど前、名古屋《なごや》のホテルで惣一を抱いた。いつも持ち歩いていたディルドを忘れ、癇癪《かんしゃく》を起こした男があまりにも哀れで、玩具のかわりに自分の肉棒を差し出せと要求されたときも、素直に従った。

男に挿入されると、興奮し腰を振って喜ぶ。やはりこの人は男が好きなんだなと、どこか醒めた頭で確信した。それから二日、単純に肉の交接を楽しんだ。夢中になったのは、物珍しかったからだ。そう、子供が新しい玩具に夢中になるように。しかし子供はすぐに飽きる。男の肉体を楽しみ、貪《むさぼ》りつくし、そして飽きた。

そこで終わるはずだった。所詮《しょせん》、自分の肉体はディルド代わりで、単なる繋ぎだと認識していた。互いに割り切っていると思っていたのに、次第に組み敷く男の目の色が変わってきた。ねっとりとした情がまとわりつくのを肌で感じた。

これはよくない。雰囲気を察して距離を取ったが、情欲にまみれた視線が自分から逸《そ》らされることはなかった。以降、誘われても一貫して拒絶している。ボスと部下が情愛の関係を結ぶことがいいとは思えなかったし、惣一の独占欲の強さは知っている。何より自分自身が情人という関係になりたくなかった。いくら細身で端整、中性的であったとしても男だ。抱くなら女のほうがよかった。

逆に自分をただの「肉の棒」として割り切って接することができるなら、関係を持ってもよかった。セックスは嫌ではないし、男でもできる。単なるオナホールの形状にはこだわらない。情が絡むから、線引きをしないといけないという意識が働く。

惣一とのセックスを境に、自分が関係を持った女が、片っ端から姿を消すようになった。脅され、金を掴まされて遠くへ追い払われるのだ。

そこには法則があり、三回以上関係するといなくなる。今日、マンションから消えた由起も先週が三回目だった。

女を追い払われても、腹は立たない。それほど深い関係でもないし、性欲を発散させてくれるなら誰でもいい。そういうドライな付き合いなので、どの女も面倒事には関わりたくないとばかりに、金を掴んで一目散に逃げる。

失望するのは、部下の女をしらみつぶしに排除するボスの行動だ。そんなことをしても時間の無駄だと、何の意味もないと伝えたいが、プライドの高い男に進言するタイミングが摑めない。惣一は自分が極道として惚れ込んだ男だ。頭がよく、金を作る能力があり、そして時に冷徹になれる。品もよく、カリスマ性もある。理想の頭だ。あれほどの能力、資質を備えた男は、探しても見つからない。

だからこそ、高い場所で毅然《きぜん》としてほしかった。汚い仕事はいくらでも下の者が引き受ける。惣一は頂点に、ただ君臨してほしかった。自分が認め、尊敬するものが、嫉妬に駆られて部下の女を片っ端から追い払うどうしようもない雌犬だと見せつけられたくなかった。

惚れ込んだ男の下で働く。それは自分が望んだことで、これから先も変わらない。自分の人生は、いつも自分で決めてきた。その選択を後悔したことは一度もない。

ザブンと寄せては返す波音を聞きながら、嘉藤は遠い昔のことをぼんやりと思い出していた。

……物心がついた時には、広大な庭とプールつきの大きな家に住んでいた。父親は一代で事業を立ち上げ社長に上り詰めた男で、豪気な性格で子供にも優しかった。母親はおとなしい人で体が弱く床《とこ》に伏しがちだったが、そのかわりに五歳年上の兄が自分の面倒をよく見てくれた。

両親に、兄に思う存分愛された。お手伝いの美子《よしこ》が家をいつもぴかぴかに磨《みが》き、手作りのおやつを作って学校から帰ってくるのを待っていてくれる。公共のプールに行かなくても庭のプールで泳ぐことができる。兄が飼っている犬のケイトと水遊びをする。それらを特別だと意識することなく、全てを当たり前に受け入れていた。

自分は恵まれていたのだと知るのは、両親を事故で亡くしてから。兄の高校の入学式、三人を乗せたタクシーが小型のトラックと正面衝突した。両親は即死、兄は辛《かろ》うじて助け出されたものの意識不明の重体だった。

小学五年生になったばかりだった嘉藤は、悲しみで泣き伏す他に何もできなかった。これから先、自分がどうなってしまうのかも考えられなかった。ただ漠然と、これからはお手伝いの美子と二人きりになるんだろうと思っていた。

両親の葬式は父の弟、叔父が全てを取り仕切った。父と叔父は殆《ほとん》ど交流がなく、美子は顔を見たことがあると話していたが、自分は初めて会った。

葬式が終わった後も、叔父は家から出ていかなかった。そのうち叔父の妻の依子《よりこ》叔母とその子供、同い年の従兄弟《いとこ》がたくさんの荷物と一緒にやってきて、まるで彼らの家であるかのように振る舞い始めた。

叔父は昼間仕事に出掛け家にいるのは夜だけなのでかかわりは少なかったが、叔母は勝手に家具の配置を変え、母親の大切にしていた人形を「気持ち悪い」の一言で捨てた。

「それは僕のお母さんの服です」

母親の服を勝手に着た叔母に抗議すると「死んでしまった人はもう着られないのよ。もったいないじゃないの」と言われてしまい、言い返せなかった。

母親は死んでしまったから……もう着られないから仕方ない。そう自分に言い聞かせて我慢したが、従兄弟に兄の部屋をあげてしまったことは納得がいかなかった。

「あそこはお兄ちゃんの部屋だっ」

リビングのソファに腰掛け、やすりで爪を整えていた叔母に食ってかかると「あの子がこの家に戻ってくることはないでしょ」と指先にフーッと息を吹きかけた。

「お兄ちゃんは絶対によくなる！」

たまに喧嘩もしたが、優しい兄。叔母はキツネのように目を細め「子供にはわからないだろうけど」と前置きした。

「あなたのお兄ちゃんは首の骨が折れたの。頭も強く打っていて、意識が戻る可能性はないのよ。息をしているだけの人形ね。たとえ意識が戻ったとしても、首から下は麻痺したままよ。叔母さんはとてもそんな子の面倒なんて見られないから、施設に行ってもらうことになるわ」

言われていることはよくわからないのに、生きている人形という言葉だけが大きくなって、頭の中でいっぱいになる。人形は動かない、喋らない……となると兄は……困惑する子供を、叔母は下から覗《のぞ》き込んだ。

「本当に可哀想《かわいそう》。あんなになっても生きていないといけないなんて、見ているほうが辛くなるわ。いっそ親と一緒に死んだほうが、あの子も楽だったんじゃないのかしら」

怒りで体が震えた。……生きているのに、兄は頑張っているのに、死んだほうがよかったなんてひどい。

「小学生のあなたにこういうことを言うのは酷だけど、あなたのお兄ちゃんはたくさんの機械に繋がれてようやく生きてるの。一日生かすだけで、ものすごくお金がかかってるわ。本人も辛くて、これから治る見込みもないのなら、治療を続けることに何の意味があるのかしらね」

そこには両親を失ったばかりの子供に対する思いやりは微塵《みじん》もなく、あるのは自己中心的な他人の主張だけだった。

「どうしてあの人たち、ずっと僕の家にいるの」

手伝いの美子に文句を言うと「坊ちゃんがまだ小さいからですよ。面倒を見てもらう大人が必要なんです」と窘《たしな》められた。しかし叔母の言動には美子も思うところがあったらしく、たまりかねたように叔母に食ってかかる場面を何度か目にした。

おかしい、おかしいと思いつつ、家を浸食していく他人の存在を我慢した。カップボードの上の家族写真が片づけられ、母のお気に入りのテーブルクロスが捨てられ、家族の思い出を少しずつ殺されていっても。食事は美子と一緒に後で食べるよう言われ、頂き物のお菓子を自分だけもらえなくても……子供だから、大人に面倒をみてもらわないといけないから……と言い聞かせた。腹が立っても悲しくても、美子と犬のケイト、病院で怪我と闘っている兄という味方がいたから我慢できた。

両親が亡くなって二ヶ月ほど経ち、しとしとと雨の降り続く梅雨の半ば、家に帰ると庭にケイトの姿がなかった。犬小屋に鎖もない。

散歩に連れていかれたんだろうか。でも美子は台所にいるし、叔父夫婦と従兄弟がケイトを連れ出すとは思えない。ケイトはおとなしい性格だけど、叔父一家には懐いていなかった。

「叔母さん、ケイトがどこに行ったか知りませんか？」

さぁ、と首を傾げる。鎖が壊れて、外へ出ていったのかもしれない。心配になってケイトを探して暗くなるまで家の周辺を歩き回り、「子供が遅くまで出歩くものじゃありません」と叔母に叱られた。

翌日もケイトを探して近所の公園や河原に行ってみるも、見つけられない。そんな中、顔見知りのおじさんが「保健所にいるかもしれないよ」と教えてくれた。保健所に連れていかれた犬は一週間ほどで殺されてしまうと学校の先生が話していたことを思い出し、体が震えた。

ケイトがいなくなって三日目、一人で保健所に行った。学校の先生に事情を話して、保健所までの行きかたを調べてもらい、お小遣いを使ってバスに乗った。

ケイトは保健所の檻《おり》の中にいて、自分に気づくと尻尾をブンブンと左右に振りながら近づいてきた。

「これ、僕の犬です。連れて帰ってもいいですか？」

保健所の職員は「見つかってよかったね」と微笑み、「お母さんかお父さんは？」と聞いてきた。

「僕一人です」

途端、職員は「困ったなぁ」と頭をかいた。

「お父さんかお母さんに一度来てもらえないかな」

「どうしてですか？」

「犬を連れて帰るのに、お金がかかるんだよ。犬を預かって、エサをあげてたからね。そのエサ代だよ」

家に帰り、保健所でケイトを見つけたと話すと、叔母は目をすうっと細めた。

「けどケイトを引き取るのにお金がいるんです」

「叔母さんは払えないわ」

身も蓋もない拒絶に「えっ」と小さく声をあげた。

「あれはあなたの犬よ。あなたの犬が勝手に出ていったのに、どうして叔母さんがお金を払わないといけないのかしら」

「けっ、けど連れて帰らないと、ケイトは殺されるんです」

叔母は頬に手をあて、ため息をついた。

「仕方ないわね。だって逃げ出したあの犬が悪いんですもの」

ケイトは自分の……いや、兄の犬だ。そして逃げ出したのはケイト。悪いのはケイトだ。保健所の人に、引き取りには六千円かかると言われた。そんな大きなお金、持っていない。お年玉は使ってしまったし、貯金も……千円ぐらいしかない。

叔母には頼れないとわかったから、美子に相談した。保健所にいるケイトを引き取るのにお金がいること、そして叔母に払えないと言われたことを話した。

「僕が大きくなったら返すので、どうかお金を貸してください」

お願いする子供に、美子は無言だった。返事がないのが気になり「けいやく書も書きます」と付け足した。

美子は「そういうことではないんです」と俯《うつむ》いた。

「ケイトを連れて帰ってきても、また保健所に連れていかれると思います」

「今度はもっとしっかりした鎖にして、絶対に逃げ出さないようにするから」

それに……と続けた。

「お兄ちゃんが帰ってきた時にケイトがいなかったら、すごく悲しむと思う。だってケイトはお兄ちゃんの誕生日にパパとママが買ってきてくれたんだもの」

美子は首を横に振った。

「ケイトは依子さんが公園に連れていって鎖を外し、野良犬として保健所に引き渡したと私は聞いています」

「えっ」と声を上げて美子を見る。だってケイトは勝手に逃げたと叔母さんは……。

「ですから連れ戻してきても、また捨てられます」

頭を激しく左右に振った。

「やっ、嫌だよっ。だってケイトは僕とお兄ちゃんの犬だ」

堪《こら》え切れずワンワン泣いた。美子が何を言っても泣いて泣いて、泣きやまなかった。

「仕方ありません。今の私の雇い主は依子さんです。その方たちが『犬が嫌』だと言われるなら、従業員の私にはもうどうしようもありません」

美子は苦しそうな声で「申し訳ありません、申し訳ありません」と何度も繰り返した。

翌日、自分の本棚にあった本を全部、近所の古本屋に持って行った。兄に連れられて何度も来たことがあり、初老の店主とは顔馴染《なじ》みだった。

「えらくたくさんもってきたな。急にどうした?」

聞かれたので、犬が保健所に連れていかれ、引き取りにお金がかかると説明した。

「叔父さんがお前さんの世話してくれてるんだろう。事情を話してみたらどうだ?」

叔母にお金は払えないと言われたこと、自分の犬だから自分に責任があると話した。店主はしばらく無言で「引き取りにいくらかかる?」と聞いてきた。「六千円」と答えると、店主は六千円で本を買い取ってくれた。

命の六千円を握り締め、保健所に引き取りに行く。そしてそのままケイトと一緒に家出をした。暗い道は怖いから、外灯が明るい道路沿いの道をずっと歩いた。犬を連れていたから散歩と思われたのか、子供が一人で歩いていても大人に声をかけられなかった。

道路をひたすら歩き、疲れてきたのでたまたま見つけた公園に入った。昼間は平気でも、夜はちょっと寒い。たこの形をした滑り台の中に寝転がると、ケイトもくっついてきてすごく温かかった。ケイトとずっと一緒にいる、ケイトは自分が守るんだと心に誓った。

翌日、ケイトの鳴き声で目を覚ました。たこの滑り台から出ると、ケイトが水色の服を着た男の人に捕まえられていた。

「それは僕の犬です」

駆け寄ってケイトに抱きつく。保健所の職員だというその人は、公園の近くに住む人から「子供の遊ぶ公園に大きな野良犬がいるからどうにかしてほしい」と連絡があったと教えてくれた。保健所の職員は「君、小学生だよね」「今日は平日だよ。学校はどうしたの？」と聞いてきた。上手く答えられずにいると「家はどこ？」「名前は？」と矢継ぎ早に質問してくる。家出がばれるから何も言えない。最終的におまわりさんを呼ばれた。

家出は一晩で終わった。交番まで自分を迎えにきた叔母は、怖い顔をしていた。そしてどこで何をしていたのか、一言も聞かなかった。

家に帰ると、叔父さんにひどく叱られた。子供が夜、家に帰らないのがどれだけ非常識なことか、危ないかを語気も荒く説教し「兄さんの躾《しつけ》がなってない」と怒鳴った。叔父さんの中で、自分と死んだ両親はとても悪い人になった。そしてあんなに危ない、危ないと繰り返していたくせに「危ないことはなかったか？」とは聞かれなかった。

叔父さんはケイトを「叔母さんを咬《か》んだ危ない犬だから、保健所に連れていく」と断言した。けど自分はケイトがこれまで人を咬むのを一度も見たことがなかった。幼稚園の子に尻尾を摑んで振り回されていた時も、じっと我慢していたのだ。

「そんなの嘘だ」

抗《あらが》うと「生意気だ」と叔父さんに平手打ちされた。横に吹っ飛び、キッチンの床で仰向けになる。初めて受けた激しい暴力。口の中にひろがる血の臭い。消えない頰の痛み……怒りの感情が急速に萎《しぼ》みゆく中、自分を見下ろす叔父と叔母、従兄弟の目はゴキブリを見るような嫌悪感を漂わせていた。

次の日、学校で「顔の痣《あざ》はどうした?」と担任教師に聞かれた。叔父さんに「俺が殴ったと先生には言うな。コレは躾だ」と口止めされていたから「階段で転びました」と嘘をついた。

家に帰ると、ケイトと一緒に美子もいなくなっていた。理由を聞いても、叔父夫婦は「あの女は勝手に辞《や》めた」としか教えてくれない。味方が誰もいなくなったことが悲しくて、一晩中ベッドの中で泣いた。

どんなに悲しくても、目が腫《は》れていても「学校に行きなさい」と家を叩き出される。勉強なんて頭に入らない。ずっとケイトと美子のことを考えている。死んでしまった両親を思い出し、どうして死んだんだろうと考えてものすごく悲しくなった。

学校が終わっても、家に帰りたくない。校庭の中をブラブラ歩いていると「ワンッ」と耳に馴染んだ声が聞こえた。校門からケイトが走ってくる。その後ろに美子が立っていた。

ケイトを保健所に連れていくのを反対したために、叔母に辞めさせられてしまったと美子は教えてくれた。

「けどそれだけが理由じゃないと思います。私を雇っているとお金がかかるので、辞めさせる理由を探していたんじゃないでしょうか。縁を切ってスッキリしましたよ、あのごうつく夫婦」

さっぱりした顔で笑っていた。町の外れ、庭付きのボロ屋に美子は引っ越していた。学校帰り、そして土日も毎日美子の家に行き、ケイトを散歩させた。

美子がいなくなったこと、そして家出をきっかけに、叔父夫婦の自分への風当たりは更に強くなった。「生活が苦しいから」「一日二食食べれば十分でしょう」と自分だけ夕食を抜かれる。洗濯もしてもらえず、お小遣いもない。話を聞いた美子は激怒し、担任に電話した。担任は家庭訪問にきてその件を切り出したが「あの子は嘘をついている。自分達は食べさせている」と叔母はしらをきった。そしてその晩、叔父に吐くほど腹を蹴られた。

状況を訴えても、余計にひどくなるばかり。美子は「信じられない」と泣き、そして夕飯を食べさせてくれるようになった。

中学に上がってすぐケイトが死んだ。自分を待っていたかのように放課後、静かに息を引き取った。十二歳、老衰だった。

その年、夏になる前に美子は内臓の病気で入院した。退院後は隣県の息子夫婦の世話になることが決まり、借家も引き払うことになった。お別れの日、美子は具合の悪そうな青白い顔で、ずっと自分のことを気にしていた。そして「何かあったら」と息子夫婦の住所のメモと現金の五万円を渡し「あの人たちに見つからないように。お腹が空いたらこれで何か食べなさい」と涙ぐんだ。人に絶望し、そしてまた人に優しさと希望を与えられた。

悪意が充満する家の中、食事を与えられず、世話もされず、存在を消し去られる毎日。同い年の従兄弟よりも成績がいいと叔母の機嫌が悪くなるので、テストではわざと手を抜いた。この息苦しい家の中で、少しでも自分が楽にいられる状況を模索《もさく》した。

点数の悪いテストを見て、嬉しそうに「お前は馬鹿ねえ」と自分を指さし笑う叔母。笑われながら部屋に入り、図書館で借りた本を貪り読む。無料で与えられる知識。それは荷物にならないし、取り上げられることもない。本から「世の中」を垣間見《かいまみ》るうちに、叔父夫婦はひどい人間で、自分を虐待しているのだと確信した。

それでも誰にも言わず我慢したのは、兄がいたからだ。兄の治療費を出しているのは叔父夫婦。自分が逆らうことで、唯一の家族である兄への治療を拒否されたらという恐怖があった。自分にはもう兄しかいない。そして兄にも、もう自分しか味方はいなかった。美子のくれた五万で、週末ごとにバスを乗り継ぎ兄に会いに行く。看護師は、保護者である叔父夫婦を今年は一度も見ていないと話していた。事故から一度も目を開けないまま、兄はベッドの上で二十歳の誕生日を迎えた。

頭が悪いんだし、進学なんてしなくてもいいでしょ、と叔母に言われ、菓子工場への就職が決まっていた中三の二月、兄が肺炎をこじらせて亡くなった。結局、一度も意識が戻ることはなかった。

兄が死んでも、想像していたような絶望はやってこなかった。兄は生きていたが、自分と話をすることも、慰めてくれることもなかった。そこにあるのは無。肉体だけがただ、存在していたのだと気づいた。

身内だけの寂しい葬儀が終わる。兄の友人を、今でも気に掛けてくれる人たちに連絡したかったが「内々ですませるから、人を呼ぶなんて面倒なことをしないでちょうだいよ」と釘を刺された。人がはけた仏間で、嘉藤は長い間、兄の骨と向かい合った。

「やっとカタがついたわ」

振り返ると、中途半端に開いた襖の向こうに、喪服を着た叔母の姿が見えた。

「ちょっと姉さん」

葬儀に出席していた叔母の妹が、姉の腕を摑む。

「その子の弟がいるんでしょう。聞かれたらどうするのよ」

「かまやしないわよ。どうせもうじき出て行くんだし」

妹が「姉さんは口が悪いわよ」とため息をつく。

「その子、就職するのよね」

「そうよ。頭が悪すぎて、進学できなかったの。おかしいでしょ」

笑いながら、叔母は涼しげな顔で顎《あご》をしゃくった。

「死んだ子も、医者は一年も生きられるかどうかって言ってたのに、結局五年も持ったのよ。無駄に長生きするから治療費が大変だったわ、あの金食い虫」

姿を見せると、妹はそそくさとその場を去った。叔母は目を眇《すが》め「用がないならあっちへ行きなさい」ときつい声で言い放った。

「盗み聞きなんて、卑《いや》しい子ね」

叔母に近づき、着物の胸ぐらを摑んだ。右、左、右と頰を平手打ちする。唇が切れ、鼻血が飛ぶ。床に突き飛ばすと「助けてぇ」と悲鳴を上げた。

その声を聞きつけたのか、叔父が部屋に飛び込んできた。現状を把握されるまえに右足を払って躓《つまず》かせ、倒れたところで腹、腰を何度も蹴った。蛆虫《うじむし》のように床に這いつくばる二人を残し、家を出た。二度とここに帰ってくるつもりはなかった。

行くあてもなく、ただひたすら歩く。叔父夫婦は暴力をふるった自分を少年院送りにするかもしれない。そうなると菓子工場への就職もなくなるだろう。

金も何もないが、生きていかないといけない。田舎よりも都会のほうが、子供の自分でも働ける場所があるかもしれないと、賑《にぎ》やかな町を目指した。

腹が空けば公園の水を飲み、夜は廃屋を探してその中で寝た。ひどく寒くて、ボロ布団やダンボールを幾重にも重ねて我慢した。朝日と共に歩き出し、日没と共に眠る。二日……三日と経《た》つうちに、空腹が耐え難くなり、目が回ってきた。動けなくなり、公園のベンチで横になる。寒くて腹が空いて、このまま死ぬかもしれないと思っていたら「あんたさぁ、何してんの」と声をかけてくる女がいた。

「ぐあいが悪いならさぁ、きゅーきゅー車呼んだげようか？」

化粧が濃く、胸の大きな女だった。腹が空いていると言うと、コンビニでパンを買ってきてくれた。

「行くとこないならさぁ、うちに来る？」

ついていくと、部屋に入った途端《とたん》、押し倒されて童貞を奪われた。そしてズルズルと、なし崩し的に女のアパートに住みついた。

女は「私ねぇ、昔はもうちょっと綺麗《きれい》だったのよ」と耳にタコができるほど繰り返しながら、毎晩、自分の上で腰を振った。女は体中にほくろがあり、やっている間にそれを数えるのが面白

かった。

女はスナックに勤めていて、帰りは夜中の二時を回ることが多かった。「帰り道って物騒なのよねぇ」と言うので、毎晩迎えに行った。女の家で暮らし始めてから一年で背が十センチも伸び、百七十を超した。三食食べられるようになり、体重も増えて体格がよくなると、未成年には見られなくなった。

女は仕事でも酒を飲むが、家でも飲んだ。女を抱くと、いつも体からアルコールの匂いがした。金がほしかったので、女がよく行く煙草屋で店番のバイトを始めた。勉強をしたい、高校に行きたいとは思わなかったが、本は読んだ。女は読んでいる本を横から覗き込み、タイトルだけ見て「あんた、インテリだねぇ」と適当なことを言っていた。

一緒に暮らし始めて二年目、バイトから帰ってくると、女が旅行鞄《かばん》一つ置いて畳の上に座ってそして自分の顔を見上げ「一緒に東京に行こう」とニコリと笑った。

二人で夜行バスに乗り込んだ。先月からアパートに何度か借金の取り立てが来ていた。女がどれだけ、何のために金を借りたのか知らないが、これは夜逃げなんだろうなとぼんやり思っていた。

金はないはずなのに、女は自分を連れていく。置いていかない。その程度の情はあるんだなと、自分の肩口にもたれて眠る女を見ながらそう思った。

女の知り合いの知り合いのツテで池袋《いけぶくろ》の外れにある古いアパートを借り、二人で暮らし始めた。女はスナックかキャバクラの仕事を探していたが、不細工《ぶさいく》で年増なのがネックになってなかなか採用されず、最終的にデリヘルになった。

デリヘルで働くようになってから、前にも増して酒量が増え、店のオーナーに手ほどきされて覚醒剤まで嗜《たしな》むようになった。自分の前では使っていなかったし、いつも半分酔っぱらった状態だったのでわからなかった。おかしいと気づいた時には、もう中毒になっていた。

止《や》めろと言ったが、女は「ちょっとだけだからへーキ。これやると、仕事するのが嫌じゃなくなるんだよね」と聞かなかった。

女は東京に来ても、仕事の後は迎えに来てほしいと甘えてきた。だから毎晩、午前二時にデリヘル事務所の裏まで迎えに行った。冬の寒い日は、女の同僚が缶コーヒーを差し入れてくれることもあった。

自分を女の息子と勘違いしている人もいた。女は四十過ぎだったので、そう思われても無理のない年齢差だった。ある晩、いつものように女を迎えに行くと、裏通りの隅で、黒いスーツの中年男とジャージの若い男が口汚く言い争っていた。途中で殴り合いになったが、ヤクザの喧嘩には首を突っ込まないほうが賢明なので無視した。

十五分ほどするとジャージの男が帰っていった。黒いスーツの男は地面に俯せている。近づいてみたが、生きているのか死んでいるのかわからない。とりあえず救急車を呼んだ。

二週間後、顔に薄い青痣のある中年男が、デリヘル事務所の裏口に立っている自分のもとにやってきた。喧嘩を見て見ぬふりをしたことを責められるかと緊張したが、それには気づいていなかったようで、救急車を呼んだ礼を言われた。

その後も時折、歓楽街で男と顔を合わせた。自分が家出をした未成年だと知ると、男は「組で世話してやろうか?」と言ってきた。中卒で未成年、親族に暴力をふるった上での家出だ。これから先、まともな働き口があるとは思えない。迷わず「よろしくお願いします」と頭を下げた。

組に入ったと知ると女は泣いて嫌がり、止《や》めてくれと取り縋《すが》ったが、聞かなかった。女のアパートを出て幹部の自宅兼事務所住みになり、下っ端らしく便所掃除から始めた。新米のヤクザで、年上の女のヒモをやっている。それが十七歳の自分の現状だった。

東京に出てきて三年が過ぎた頃から、女が壊れてきた。静かな場所で「変な声が聞こえる」と頭を抱える。手ほどきをしたデリヘルの店長は「やりすぎで幻覚症状、出ちゃったかもね」と他人事《ひとごと》だった。止めろといっても聞かないし、もう病院に連れていくしかないが、女は保険証を持っていなかった。こういう場合、どうすればいいんだろうと人に聞いて調べているうちに、首を吊って死んだ。見つけたのは自分だった。

「アル中のヤク中、年増のデリヘルと縁が切れてよかったなぁ」

事務所の先輩ヤクザは笑っていた。女は飲酒もクスリも止められず「楽になりたーい」「死んじゃいたーい」が口癖だった。そんなに生きていることが苦しかったなら、死んでよかったじゃないかと自分も思った。

女が死んでから、初めて他の女を抱いた。そして股間に毛が生えていることに驚いた。死んだ女は股間に毛が一本も生えていなかったので、女はみんなそういうものだと思っていた。

ヤクザでも、若い男というだけで女は寄ってきた。一晩限りの女もいたし、そこそこ続く女もいた。長い付き合いになると、女に股間の毛を剃《そ》らせた。最初の女のアレが剃り込みされたのか、毛のない陰部により興奮した。

この世界に足を踏み入れてから二十五年以上過ぎた。時代は変わり、ヤクザも暴力と恐喝《きょうかつ》、昔ながらのシノギだけではやっていけなくなってきている。

スマートフォンの着信音が響く。表示されている名前は「本橋惣一」。ボスだ。

『お前、どこにいるんだ？』

涼しげな容貌そのままの、怜悧《れいり》な声。

「野暮用で」

『早く帰ってこい』

それだけ告げ、通話は切れた。嘉藤は踵《きびす》を返すと、堤防を背に座り込み、相も変わらずスマートフォンに夢中になっている島に「帰るぞ」と声をかけた。


車はマンションの地下駐車場に入る。島を帰し、嘉藤はエレベーターに乗り込んだ。暗証番号とカードキーのダブルロックのセキュリティに加えて、四方向から監視カメラが作動している。住人でなければ、入るのは困難だ。最高のセキュリティを有したこのマンションには、芸能人も住んでいると噂《うわさ》に聞くが、まだ姿を見たことはない。

三十四階で音もなくエレベーターは止まる。廊下は人が住んでいるのかと思うほど静かだ。どの部屋も４ＬＤＫ以上で広く、各階ごとに入っている戸数は少ない。

カードキーでドアを開け、中に入る。昼寝ができそうなほど広い玄関は、壁際に北欧デザイナーの手によるコンパクトなスツールが置かれている。廊下の床は光るほど磨かれ、壁にかかった絵は額縁に凝《こ》った装飾が施された抽象的な油絵。重苦しい雰囲気のそれをあまり好きではないが、ボスは気に入っている。

「遅かったな」

Ｖネックのシャツにジーンズというラフな服装で惣一はリビングのソファに腰掛けていた。テーブルの上には飲みかけたミネラルウオーターのペットボトルがある。

「申し訳ありません。帰りに少し寄り道をしていました。何か御用がありましたか？」

繊細な指がペットボトルを手に取り、水を一口飲んだ。

「……別に」

「では失礼して、着替えてきます」

自室にと与えられた部屋に入る。そこは十五畳ほどの広さがあるが、ベッドと机しか置いていなかった。服は作り付けのクローゼットの中だ。

テレビもないが、普段から見ていない。どうしてもという時はスマートフォンを使う。本は相当気に入ったものでなければ、読んだ端から捨てていく。物を置かないのは昔からの習慣だとしても、殺風景も甚《はなは》だしいこの部屋は、自分が長くここにいるつもりはないという密かな意思表示でもある。

シャツのボタンを外していると、ギギッとドアが開く気配があった。

「どうしました?」

誰なのかわかっているので、振り返らずに聞く。足音が近づいてきて、背後のベッドがミシリと軋《きし》んだ。無言の人をそのままに着替えを続ける。

「……誰と寝てきたんだ」

振り返った先では、切れ長の目が怒りを滲《にじ》ませて自分を見ていた。

「寝ていません」

本当のことを言っても、疑り深い眼差《まなざ》しは消えない。

「女のところに寄ろうと思っていたのですが、急に引っ越したようで」

元凶の口許が細かく震える。懇意の女が次々に逃げ出すこと……それがボスの仕業《しわざ》だと自分が知っていると、本人もわかっている。

犯人は、嘉藤のベッドに寝そべり「おい」と荒ぶった声を上げた。

「こっちに来い」

命令されたので、近づく。

「ズボンを脱げ」

ここまで露骨《ろこつ》な誘われ方をしたのは初めてだ。なぜだろうと考え、ボスの思考回路を推理する。

正解らしき答えに行き着いた時、嘉藤は命令に従わないでいようと決めた。

「早くしろ。舐めていかせてやる」

下卑《げび》た台詞《せりふ》を吐いても、その顔は涼しげだ。

「女とできなくて、溜まってるんだろう」

誘う男を見下ろし、口を開いた。

「お気遣いありがとうございます。しかし自分でできますし、右手のほうが気楽なので」

白い頬がカッと赤くなる。

「僕よりも手のほうがいいって言うのか！」

「口淫はあなた自身、慣れてらっしゃらないでしょう」

握り締めた指先が震えている。

「僕が、そういうことをしたいんだよっ」

「では、誰か呼びましょうか」

時間をかけ、信頼のおける……男を抱ける男を数人確保してある。最初、安全とはいえ見ず知らずの男と交わることに惣一は抵抗があったようだが、自分が同席して行為を見守ることで、少しずつ、気分で男を摘み食いする今のスタイルに慣れていった。

今は惣一から「誰か呼べ」と言うこともあるし、気配を察してこちらから声をかけることもある。

これまで数え切れないほど男を呼んだ。今回はたまたま自分から声をかけた……空気を読む後者のパターンだったにもかかわらず、惣一は「もういいっ」と大声を出した。

ベッドから起き上がったので部屋を出ていくのかと思えば、腰掛けたまま動かない。

「……呼べ」

陰鬱《いんうつ》な声で呟き、ボスが顔を上げた。

「誰でもいい。一人呼べ」


急だったせいで、ボスの肉棒として確保している男がどれも捕まらない。ようやく連絡がついたのが香月《かづき》という男だった。

一時間ほどで棒がマンションにやってくる。嘉藤に気づくと「こんにちは」と人懐っこく笑いかけてきた。二十三歳の元ホスト。飲みすぎて肝臓を悪くしホストは廃業。今は専門学校に通っている。

ホストを始めたのは親の借金返済のためで、そっちのほうは肝臓を壊すほど飲んだ甲斐《かい》があり完済している。しかし目標にしていた専門学校の学費までは稼ぎ切れなかったらしく、短期で稼げるバイトを探していた。

ホスト時代の名残《なごり》か、髪は茶色で着ているものも派手だが、性格はいい。水商売も実質、一年程度で足を洗っているのでこっちの世界に深入りもしておらず、ホスト時代の仲間とも今では連絡を取っていない。

黒か白といえば、白寄りのグレー物件という香月の立ち位置が、扱いやすかった。

「急な呼び出しでびっくりしました」

「悪かったな」

「暇してたし、全然大丈夫ですけどね」

話をしながら香月を物陰に連れていき、全身をチェックした。凶器になるものは何も持っていないと確認してから、建物の中に招き入れる。エレベーターで行くのは三十階。肉棒の召集が頻《ひん》繁《ぱん》になってきたので、安全確保のために、嘉藤は惣一専用の……セックスのためだけの部屋を準備していた。

香月をセックス部屋に残して監視を一人つけ、主人を迎えに行く。惣一は不機嫌な顔のまま、嘉藤とボディガードに付き添われて三十階の部屋に足を踏み入れた。この時点で、嘉藤以外の護衛はドアの外に辞した。

「久し振りです、誠《まこと》さん」

香月は満面の笑みで近づいてくる。奴には惣一のことを、金持ちの次男坊「水原《みずはら》誠」だと偽りのプロフィールを伝えてある。以前の恋人のように相手を一人に決めるならいいが、複数いる肉棒の一つに過ぎないそれに、個人情報を漏らすのはリスクが高い。

「今日はどんなやり方がいいの?」

俯いたままの惣一の手を取り、香月が十畳はあるベッドルームに連れていく。嘉藤は広い部屋の端、ドアの傍に置いたソファに腰を下ろした。

部屋の中で嘉藤に監視されることを香月は気にしない。最初は居心地が悪そうだったが、そのうち慣れたのか飾られている絵ほどに自分を気にしなくなった。

「これ」

惣一がポケットから取り出し香月に差し出したのは、黒いアイマスク。通常のものと違って、薄くてしなやかそうに見える。……革製だろうか。

「俺がするの？」

香月は戸惑い気味だ。

「いや、僕がする。何も見えない状態でしたい」

香月は「そういうことね。いいよ」とアイマスクを受け取った。

「見えないほうが色々敏感になるって言うしね。今日の誠さんもエッチだな」

惣一がアイマスクを使うのを見るのは初めてだ。優しい手つきで香月は惣一の目を覆《おお》い、後頭部で固定するためのベルトを締めた。

「これで大丈夫？」

「もう少しきつくてもいい」

「あまりきつくしたら、顔に跡が残っちゃうよ」

「最中に外れたら嫌だ」

香月は「こだわるなぁ」と苦笑いしながら、ベルトをもう一度締め上げた。

「どういうやり方がいい？」

視界を奪われた、性交だけを望む男に、棒が甘く囁《ささや》く。淫乱な男は「乱暴に」と素《そ》っ気《け》なく告げた。

「乱暴に、ね」

香月はクスリと笑うと、惣一を抱え上げてベッドの上に放り投げた。

「うわっ」

小さく叫び声を上げた体の上に、棒がのしかかる。Tシャツを性急に剝《は》ぎ取って床に放り投げ、ズボンを乱暴に引き抜く。

惣一を裸にしながら、香月も服を脱ぐ。ホストの頃には、枕営業も盛んだったんだろうなと想像できる手際のよさだ。

薄っぺらいだけの惣一と違い、香月は引き締まったいい体をしている。性器も大きい。セックスは金と割り切っている棒が大半だが、香月の行為には端々に情のようなものを感じることがある。

「んっ……んんっ……」

キスを前座に男同士がまぐわい始める。嘉藤は小さく息をつき、白いシーツの上で肌色の双丘が蠢《うごめ》くのを横目に見た。

最初の頃は棒との交尾を延々と監視していた。いくら吟味したとはいえ、百パーセント安全ではない。無防備な場所で何か仕掛けられたら、取り返しがつかない。しかしそれも棒のキャラクターを知るうちに、大丈夫かと思えるようになってきた。惣一の隙を狙って寝首をかく。それをすれば、確実に見張りの自分に殺される。相撃ち覚悟という肝《きも》の据わった男は棒の中にはいない。

……そろそろ、惣一さえ許可してくれるなら、信頼できる者に監視役を交代させてもいいかもしれない。例えば島とか。

「やっ、あんっ」

細く白い両足が、空をかく。香月の雄らしい体は見ていて何も感じないが、組み敷かれる中性的な肉体にはそれなりに劣情を煽《あお》られる。だからこそ抱いたこともあるわけだが。しかしそれをしてボスのセクシャルな部分に踏み込みすぎ、執着させてしまったことを自分は未だに後悔している。

尊敬するボスは全裸になり、恥ずかしげもなく股を大きく開くと、貧相な陰茎を男に吸わせている。

「誠さんって、恥ずかしいね」

しゃぶられて芯が通り、濡れてそそり立つ惣一自身を、香月が指先で弾《はじ》く。雄のシンボルは、メトロノームのように左右に揺れた。

「どうしてここの毛、剃っちゃってるの？　全部丸見えだよ」

無毛の股間を香月は舐め上げる。

「つるつるして綺麗だね。……なに？　ここに触れられると感じるの？　エロいなぁ」

体を蛇のように扇情的《せんじょうてき》にくねらせながら、それでも落ち着いた声で「喋《しゃべ》るな」と惣一は棒に命令した。

「……お前の声を聞かずにしてみたい」

香月は「ふーん」と鼻を鳴らした。

「今日は乱暴なのがいいって言ってたっけ。目隠しもしてるし、無理矢理っぽいシチュエーションでやりたいってことかな」

惣一の要望で、濡れ場から会話が消える。そのせいで喘ぎ声、シーツの摩擦音、ベッドの軋む音が際立つ。

肌色をした二つの肉体が、上になり、下になりを繰り返す。嘉藤は右にある棚に視線をやった。やるだけの部屋なので物を置いていないが、手配した男を待つ間の時間つぶしか、惣一のものであろう本が一冊置かれていた。

嘉藤は棚に近づき、本を手に取った。カバーのあらすじを読む限り、ミステリーのようだ。歩き回っている自分を、何事かと香月は気にしていたが、椅子に戻ると、ホッとした表情で男を責め立てることに専念し始めた。

「あっ、あああんっ……あんっ」

尻に雄を深く銜《くわ》え込んだまま、ボスは大きく喘ぐ。香月が腰を揺らすたびに、ぐちゃぐちゃと厭《いや》らしい音が部屋に充満する。

淫靡《いんび》な音を背景に、本を開いた。最初のシーンは冬から始まる。冬の海。半ページも読み進めないうちに、風景が頭に浮かんでくる。文章が上手い。本をひっくり返して著者名を見た。初めて読む作家だ。名前を覚えておこう。

「やあっ、あっ……ああんっ……」

読み進める行間に、はしたない喘ぎが混ざる。

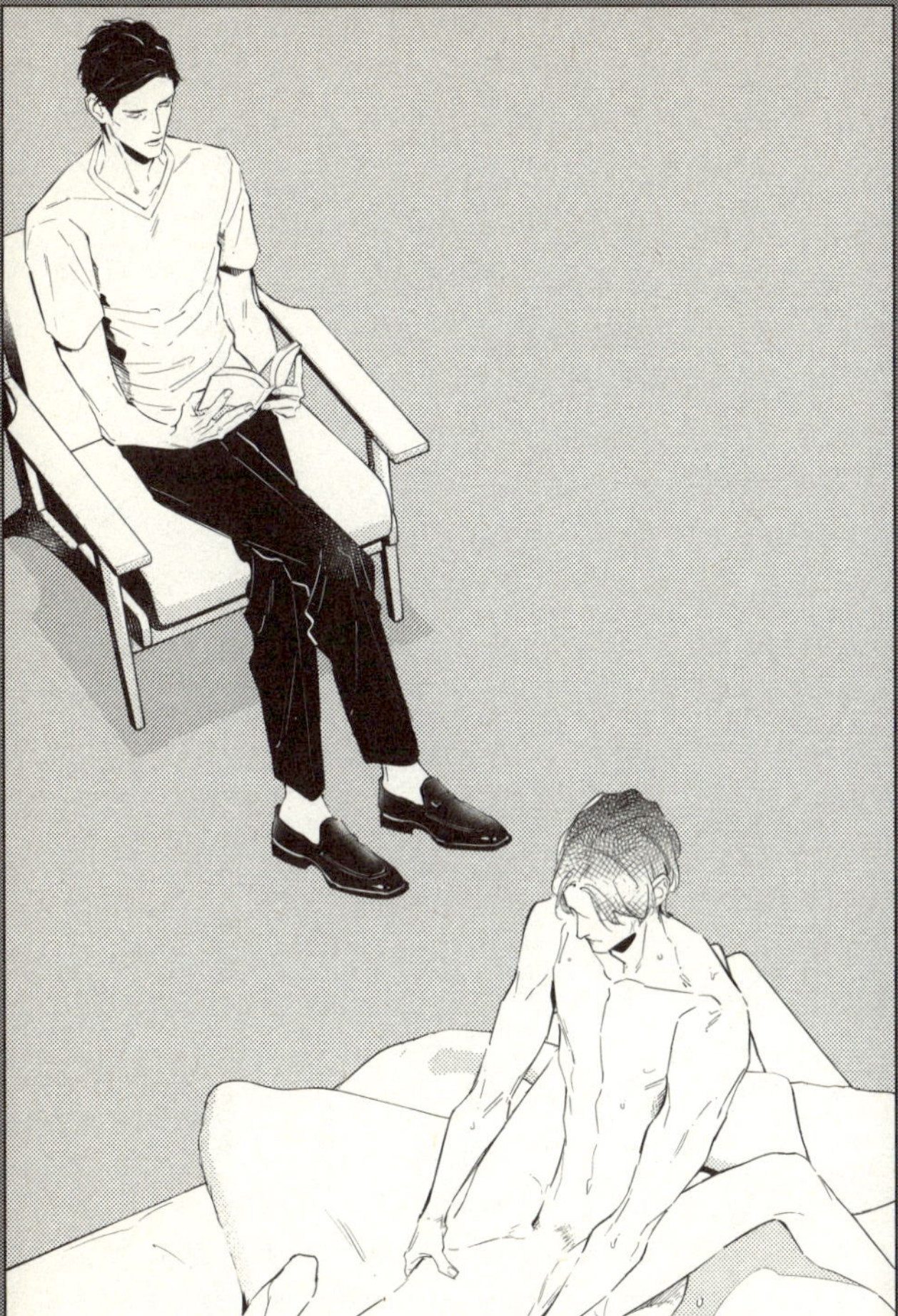

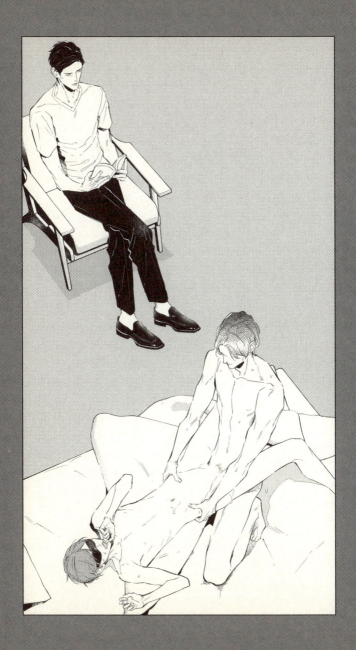

「んっ、んっ、そこ、そこ……ひいっ」

本の中で場面が変わった。ベトナムへと舞台が移る。やはり情景描写が秀逸《しゅういつ》だ。息詰まるような蒸し暑さが伝わってくる。

「ああっ、ああっ、ああっ……やあっ、やあっ……」

ページを捲る手が速くなる。男の喘ぎが遠のいて、創作された世界に潜《もぐ》り込む。

「あんっ、か……とう、嘉藤……」

ふとページを捲る手が止まる。顔を上げると香月の腰も動きが止まっていた。

「もっと、もっと……もっと動いて」

抱え上げられた腰を、惣一は蛇のようにくねらせる。

「止めないで……突いて……突いて」

茫然《ぼうぜん》としていた香月が、乱暴に腰を突き上げた。惣一は「ひいいっ」と嬌声《きょうせい》を上げながら、膨らんだそこを弾けさせた。

淫らな体から棒が引き抜かれる。惣一は脱力し、ハアハアと胸を喘がせながら横たわった。

「気持ち……いぃ」

だらしなく開いた口許から、唾液が滴《したた》る。

「……かとぅ」

甘ったれた猫の声で、部下を呼ぶ。

「キスして……キスして……」

棒がチラリと振り返り、こちらを見た。まるで能面の顔だ。嘉藤が顎をしゃくると、香月は無造作に惣一に口づけた。

体同様、だらしない唇は溺れるように喘ぎながら貪欲に唇を欲する。

「ふっ……ふうっ……ふうんっ」

思う存分、香月の唇を貪った後、ボスはじわじわと俯せになり、膝を立てた。犬が敵意がないと示す……扇情的というより動物的な服従の体勢。嘉藤の位置からも見える、はしたない窄《すぼ》まりは、棒で乱暴にえぐられて薄桃に色づいていた。

「……後ろからして」

甘い声でねだり、細い腰を揺らす。

「おっきいの、ほしい」

棒は動かない。そこがおねだりに応《こた》えられる状態になっていないからだ。無言のまま惣一の頭側に回り、期待して紅潮した頬に萎《な》えた陰茎を押しつけた。

頬に触れたものに気づき、鼻先を近づけてクンクンと匂いを嗅ぐ。甘いお菓子でも見つけたかのように口許を綻《ほころ》ばせ、迷いなく雄を口に含んだ。

「んっ、んっ」

懸命になって陰茎をしゃぶり、袋を揉み上げる。そうしているうちに、肉棒が回復の兆しを見せた。

「早く、早く」

高く掲げた腰を左右に振り、誘いかける。望み通り、ほしがる窄まりに肉棒を突き立てられると、そこは吸い込むように柔らかく男性器を迎え入れた。

「あああっっ」

薄い背中が弓なりになる。

「いいっ、いいっ……嘉藤っ……」

香月の動きが止まる。

「嫌だっ、止まらないで。動いて、動いて……」

棒が勢いよく腰を突き上げる。ベッドがギシギシと大きく軋み、あまりの激しさに、ゴムが捲れ上がっている。

「壊れるっ、壊れるっ……ああっ、いいっ、いいっ、壊して、壊して……あああっ……」

香月の腰が痙攣《けいれん》するようにビクビクと震えた。引き抜いたそれにゴムはもうついておらず、先端からポタポタと残滓《ざんし》が零れ、組み敷いた白い背中に落ちる。

思う存分快楽を味わった雌犬は、俯せたまま気を失っている。

役目を終えた棒はベッドを下り、シャワーも浴びずに床へ脱ぎ捨てた下着と服を身につけた。

「……送ってもらえますか」

その声は感情もなく、淡々としている。ボスの体にシーツを覆いかぶせてから、香月を連れて部屋を出た。

エレベーターを待つ間、互いに無言だった。タイミングが悪かったのか二基ともなかなかやってこない。

「あなたじゃ駄目なんですか」

振り向くと、棒の鋭い目とかち合った。

「あの人の相手、してあげればいいじゃないですか」

声は静かに、怒りを含んでいる。

「あの人が本当に抱かれたいのは、あなたなんですよね」

エレベーターがやってくる。乗り込んでも、興奮した表情で男は喋り続けた。

「金を出して俺なんか買わなくても、してあげればいいじゃないですか。あの人、やっている間は女と大差ないですよ」

身代わりにされたことに苛立《いらだ》ち、しかもその相手が目の前に立っているせいだろうか。香月の口は止まらない。

「それとも何度もやるのは無理なんですか。あの人、性欲は強いですからね」

エレベーターが一階に着く。セキュリティドアを抜けてから、元ホストの胸許を摑んだ。敷地内の歩道を乱暴に引きずり、芝生の植え込みに投げつける。自分を見上げる、口を中途半端に開けた恐怖の表情は、顔面を引き延ばしたようでアンバランスだ。

「……金で買われた棒の分際《ぶんざい》で、鬱陶しい」

低い声で言い放ち、男の胸許に万札を投げつける。立ち上がった棒は金を鷲摑《わしづか》みにし、野良猫の素早さで逃げ出していった。

素人《しろうと》相手なので手加減したし言葉も選んだが……あの棒は呼んでももう来ないかもしれない。

部屋へ戻ると、そこは時が止まったまま。獣臭い情事が行われていたベッドの上で、白い体が俯せになっている。

「……目は覚めてますか」

アイマスクは取らないまま、小さな頭がコクリと頷《うなず》く。

「もうしばらくここで休んでいきますか？　それとも上の部屋に戻りますか？」

「シャワー、浴びる」

ノロノロと上半身を起こし、ベッドサイドまで這う。床に足をつけても、ぐにゃりと膝が折れて絨毯《じゅうたん》の上にしゃがみ込む。途中でゴムが外れたせいだろうか、股の間から白濁した精液がトロリと漏れ出した。膝をつけて立とうとするも、腰があがってない。やりすぎて、立てなくなっている。

正面から抱えて立たせたら、そのまましがみつかれた。歩けそうにないので、抱き上げてバスルームに連れていく。床に下ろしても、首に回した腕を離してくれない。

「手を離してください」

何度も訴えると、ようやく離してくれる。シャワーの温度を調節して差し出しても、持とうとしない。行為の前につけた目隠しすらそのままだ。

「アイマスク、外しましょうか？」

声をかけても首を横に振る。仕方ないので、手伝った。座ったままの汚れた体にシャワーをかける。

「……あそこ、痒《かゆ》い」

呟き、膝を立てて恥ずかしい場所を露出する。

「中にあるの、取って」

今日ほど激しく動かれたら、ゴムが破損し中に残っていても不思議ではない。シャワーを止め、広げられた男の、赤く色づいたそこに指を入れた。

「あんっ」

肉棒にかき回された中はとろけるほど柔らかい。指を動かしているうちに、粘膜と異なるものが触れた。それを指先で摘み、ゆっくりと引き出す。

「あっ、あああっ」

あんなに射精していたのに、ゴムをかき出すだけで勃起する。

「まだ痒い」

他にも残っているのかもしれない。指を差し込み中を探るも、喘ぎ声が増すだけで何も触れない。念のためにとそこをひろげ、湯をあてて中を洗い流していると、勃起した貧相な先端から、涙のようにじわじわと蜜が溢れた。

「終わりました」

声をかけた途端、抱きつかれた。押し倒され、バスルームで仰向けになる。上に乗ってきた男は、激しくキスをしてきた。

突き放すのは簡単だが、そうはしない。求めてくる相手を拒まず、欲望のまま好きにさせる。一方的に唇を貪ったあと、アイマスクの男が自分を見下ろした。

「さっき僕を抱いていたのは、お前だろ」

アイマスクが濡れて、細面の目許に貼りつく。

「お前だよな」

その答えは、本人が一番よく知っている。

「嘘でも自分だと言え」

胸許を摑む手が震えている。体を起こし、しがみついてくる裸の背中をそっと撫でた。

「そうです……私です」

「嘘つけっ」

大きくしゃくり上げる。濡れたアイマスクを外してやると、切れ長の瞳は真っ赤になっていた。

「嘘つき、嘘つき」

泣きながらしがみつく。そんな男を、哀れだと思わないでもない。しかし……世の中には、どうにもならないことがある。そしてこの男が泣いているのは、自分への恋情。世間でいうところの、チラシほどに安っぽい感情だ。

「惣一さん」

柔らかい耳許に、静かに囁きかけた。

「もうこれ以上、私を幻滅させないでください」

細身の体がビクリと震えた。

「私がほしいのは、強いボスです。抱いてほしいと泣いて腰を振る雌犬じゃない」

耳障りな悲鳴をキスで塞ぎ、泣き喚《わめ》いて暴れる男が怪我をせぬよう、強く抱き締めた。

★chapter 4

久し振りに訪れた本橋組組長の本宅は、相変わらず日本家屋の形をした要塞だった。建物と庭をぐるりと取り囲む厚い塀は高さが三メートル近くもある大仰《おおぎょう》なもので、塀の上に設置された柵には電流が流れている。たとえ塀を越えられたとしても、敷地と建物に張り巡らされたセンサーに捉えられる仕組みになっていた。

門を開けてもらう以外の方法でこの屋敷に入ろうとすれば、命を賭けて挑まなくてはいけない。爆弾を投げ込まれでもしたらお手上げだが、敵対している組にそこまでの過激派はいない。警察との間には「爆弾や銃を使ってのおいたはするなよ、そうでなければ小競り合い程度は大目にみてやる」という暗黙の了解がある。

この世界に足を踏み入れるまで、嘉藤はヤクザがこれほど警察機関に入り込んでいると知らなかった。小説だと警察とヤクザの癒着はよくあるテーマの一つだが、所詮作りものだと思っていた。光の裏には闇がある。闇をなくして光もない。自分は、闇の隅に蠢く蛆虫だ。死肉など誰も顧《かえり》みないが、それを片づける「何か」は必要とされる。蛆虫にも居場所はある。

週に一度は手入れをされているという、塀の物々しさを意識させないほど木々が生い茂った庭をゆっくりと歩く。ジリジリとした蟬《せみ》の声が、蒸し暑さを増幅させる。日差しは皮膚に痛いほどで、時折生ぬるい風が首筋を抜ける。

人工的に作られた池のほとりで、カンゾウが鮮《あざ》やかな橙《だいだい》色の花を咲かせていた。花の名前など知らず「庭に黄色いユリが……」と話していると、姐《あね》さんに「あれはカンゾウって名前なのよ」と教えられ、ぽつりと記憶に残った。

水面に映った人影に鯉《こい》がバシャバシャと水音をたてながら寄ってきて、ぽかりと口を開けた。折り重なってエサを求める様は、滑稽で無様《ぶざま》だ。数十万単位の値がする高級魚だからといって、品があるわけではない。あんなに綺麗な模様はなかなか出ないんだと組長は自慢していたが、興味はない。派手な柄だと思うだけ。……人間のつける値段を、鯉は知らない。いつも通りエサを食べ、糞《ふん》をし、泳ぐだけだ。

「おい」

鋭い声が背中に刺さる。縁側の傍から、茶髪で目つきの鋭いジャージの男が自分を睨みつけていた。潰れたような顔は、パグに似ている。

「そこで何やってんだ」

組長の直属から離れ、金庫番をしている息子の本橋惣一についてもう随分になる。事務所は兎も角、本宅に顔を出すことは少ない。

「お前、名前は」

歳は二十歳前後だろうか、若く見える。右手がジャージの後ろポケットに回っているので、刃物を仕込んでいるのかもしれない。

「おい、ハチ！」

縁側から野太い声が響いた。若い組員は勢いよく振り返り「くっ、組長っ」と飛び上がる。本橋組組長、本橋熔堂《ようどう》が外廊下から自分たちを見下ろしていた。外出する時は着物だが、家ではポロシャツに短パンと楽な服装をしている。

「そいつは俺の倅についている組員だ。事務所へもたまに顔を出してんだろ」

ハチと呼ばれた組員は、後ろに回していた手を慌てて前に持ってくると、震えながら「しっ、知らなくて。すみませんっ」と謝ってきた。

「何かしゅっとしたスーツだったんで、素人さんかと……」

嘉藤は苦笑いする。惣一はスーツのライン、タック一つにこだわる。そして拘《こだわ》り抜いたスーツを側近である自分にも与える。高級ホテルでは馴染むが、趣味がよすぎてたまに素人に間違えられて困る。

「ハチよ、そいつに掠り傷の一つでも負わせてみろ。俺は指を二、三本詰めるぐらいで許してやるが、俺の倅は間違いなくお前を簀巻《すま》きにして東京湾に叩っ込むぞ。二度と浮き上がってこれねえよう、念入りにコンクリの重しをつけてな」

ハチの顔からザッと血の気が引く。

「本当に、申し訳ありませんでしたっ」

その場で土下座する。組長は面倒臭そうな表情で顎髭《あごひげ》をさすった。

「もういい、行け。お前は玄関の掃除でもしてろ」

右手でシッシッと払われ、ハチは草花が生い茂る庭の奥に消えていった。

「あいつはウチに来てまだ二ヶ月だったかな。大目にみてやってくれ」

組長の言葉に「気にしていませんよ」と返す。

「それに警戒心の強い犬は役に立ちます」

目を細め、腹を抱えるようにして組長は「ハッハッ」と笑った。

「確かになぁ。……お前ももっとまめにここへ顔を出していたら、下っ端に怪しい奴だなんて思われずにすむぞ」

痛いところを突かれ「申し訳ありません」と頭を下げた。以前は事務所に週一、本宅にも月に一度は必ず顔を出していたが、ここ一年ほど足が遠のいていた。

「惣一はその辺にいるのか？」

緑が生い茂った庭を、組長はザッと見渡した。

「まだ姐さんの傍かと。話し込んでらっしゃったので」

久々に本家に顔を出したのは惣一の母親、姐さんの誕生日だからだ。二ヶ月ほど前、事務所がわりにしているマンションに姐さんから電話があり、それを受けたのは嘉藤だった。

『あの子に伝えてちょうだい。贈り物なんて気を遣わなくていいから、私の誕生日には顔だけ見せに来てちょうだいってね』

姐さんからのメッセージを伝えると、一人息子は無言のまま視線を窓の外に向けた。母親が会いたいと痺れを切らして電話してくるほど、本宅に顔を出していないという自覚はあるのだ。

そして誕生日当日、避け続けた本宅にとうとう立ち寄った。プレゼントを渡し、すぐに帰る算段をしていたようだが、母親は久々に顔を出した息子をそう簡単に離したりしなかった。

美味《おい》しいお菓子を味見しろだの、いい反物《たんもの》があったから浴衣《ゆかた》を仕立てたので着てみろだの、あれこれと理由をつけて息子を引き留める。最初はボスの背後に控えていたが、親子水入らずのほうがいいだろうと判断し席を外した。それに気づいた惣一の、僕だけ置いていくのか、とでも言いたげな恨めしげな視線は「ごゆっくりどうぞ」と流した。

「惣一はいないのか」

ぽつりと呟き、組長は嘉藤の目を見た。

「……ちょうどいい。こっちに来い」

玄関から回ってこようとしたが「そこからでいいだろ」と言われ、縁側で靴を脱ぎ、外廊下に上がった。

庭に面した側の窓は和を意識したガラスサッシでとても明るいが、これも防弾になっている。命を守るために必要だとわかっていても、外を歩く時にはボディガードが必要で、家でも鉄の要塞にこもらなければならない生活には、一抹の虚《むな》しさが垣間見える。組の看板を背負う者としては、仕方のないことだが。

執務室の前には組長のボディガードで古参《こさん》の組員、花田《はなだ》が立っていた。

「ご無沙汰《ぶさた》しています」

頭を下げると、ぎょろりとした目で嘉藤を見やり、僅《わず》かに顎を引いた。口数が少なく無骨、真面目な花田は組長のお気に入りだ。

「嘉藤と二人で話をするから、用がねぇ限り、誰も入れるな」

人払いをした組長に、執務室の中に招き入れられる。十畳ほどの部屋の中央にはレザーのソファセットが置かれ、その奥にあるのはオーク材で重厚感のある机。正面の壁には歴代の組長の写真が飾られている。ここに入るのは数年ぶりだが、昔と何も変わりはなかった。

「まぁ、座れ」

促《うなが》され「失礼します」とソファの前に立った。向かい側にいる組長が座ってから、自分も腰を下ろす。組長は早速煙草を手に取った。嘉藤は胸ポケットからライターを取り出し、手で火を囲うようにして向かい側から差し出した。

「んっ」

火をつけた煙草を美味そうに吸い、組長はフーッと紫煙《しえん》を吐き出す。クーラーがゴゴと微かに音をたてた。話があって自分を呼びつけたはずだが、なかなか切り出す気配がない。

「最近、惣一の奴はどうだ?」

それは漠然とした問い掛けだった。

「お変わりはありません。資金繰りも順調です」

「金のほうは心配してないさ」

組長は煙草を灰皿に押しつける。

「こっちで金勘定させてる奴に確かめさせりゃ、具合はわかる」

組長が二本目の煙草を吸う気配に再び腰を浮かしかけると、右手で制された。

「たまには自分の指も使わねえとな。鈍っちまう」

細かい彫刻が施《ほどこ》された銀色のライターで自ら火をつける。吐き出された煙は、気だるげに天井へと上っていく。

「惣一のことが、上のモンの間で噂になっててな」

組長の言う「噂」が、惣一の男関係であるのは容易に察しがついた。自分の耳にも「本橋組の息子は、盛りのついた雌犬」という声が聞こえてきている。

相手は慎重に選んでいるし、素性も伏せた上で口止めしてあるが、人数が増えるとどうしても綻びができる。僅かな隙間が次第に大きくなり噂話は漏れ出していく。最近の惣一は、男とセックスしないと眠れないほど行為に依存していた。おまけにあてがった男にすぐに飽き「次を」とほしがる。複数でのプレイを指示することも多い。人の管理が難しくなる。最近はボスにあてがう安全な男の確保に正直、頭を悩ませていた。

男に体を弄《もてあそ》ばれるのを好むくせに、男を怖がる。複数人にレイプされ、殺されかけた記憶は薄れておらず、今でも他人と二人きりになるのを嫌がり、行為の全容を自分に見ているよう求める。夢中になって男のペニスをしゃぶる横顔や、貪欲に男を飲み込む、見た目だけは清楚な窄まり、勃起したペニスを弄られ「もっと、もっと」とねだる発情期の猫のような声……毎晩毎晩、眼前で繰り広げられる痴態《ちたい》。それらは自分が見たくない、知りたくないボスの一面だが、仕方がない。光には影がある。莫大な金を生み出す傍ら、真夜中の薄暗い部屋の中で、惣一は蛆虫と戯《たわむ》れるが如く男との肉の宴に狂っていた。

「確かめておきたいんだが、惣一はハナからああだったのか？」

ゲイなのかと聞きたいのだろう。どちらかといえば性嗜好は男性だったのかもしれないが、それを理性とプライドでコントロールしていた。女を相手にしたセックスが、アブノーマルと分類されるタイプのものでも、人としてのバランスは取れていた。男に傾倒する引き金になったのは、間違いなく例の事件だ。あれのせいで対人恐怖症になり恋人との関係が破綻、そして男の味を覚えた。

「……惣一さんの心情まで推《お》し量ることはできませんので」

歯切れの悪い返答に、組長は重苦しげなため息をつくと、ソファにどっかりと背中をもたせかけた。

「こっちの世界にはそういう奴も多いし、ひっそりやる分には文句は言わんが……あいつは些《いささ》か目に余る」

乱行《らんぎょう》が相当耳に入ってきているんだろう。ここ一年、惣一が本宅や事務所に近づかなかったのは、父親に面と向かって、派手な男遊びを指摘されるのを避けてきたからかもしれない。

「上に立つモンの面倒を、色も含めて管理するのがお前の仕事なんじゃねぇのか」

重たい響きの言葉に、嘉藤は「申し訳ありません」と頭を下げるしかなかった。これほど噂になる前に、自分が遊び相手の選別を徹底的にやるべきだった。しかしボスの性欲は止めどなく、次から次へと男をほしがり「言うことを聞き、秘密を守り、危害を加えない」という必要最低限の条件をクリアしただけで、あてがうしかなかった。

色情狂のような振る舞いを止められないのは、惣一にとっての性行為が禊《みそぎ》に感じられるからだ。男と徹底的に交わって性欲を吐き出し、翌朝には情事の余韻など微塵《みじん》も感じさせない涼やかな顔で仕事をする。傍《はた》から見れば歪《いびつ》でも、これはこれでバランスは取れているのではないかと判断していたが、世界は惣一を中心に回ってはいない。最低限、人の目も意識しなくてはいけなかった。この業界は面子《メンツ》を重んじる。それを今、自分は組長に指摘されている。

相手選びに悩み、いっそ自分で抱けば男の手配で手を煩《わずら》わされずにすむかもしれないと考えたこともあるが、それは駄目だと言い聞かせてきた。惣一は将来、組を背負《しょ》って立つ男だ。こちらに恋愛感情を抱いていると知っているなら尚更、精神的に依存させてはいけない。裏でどんなに蛆虫と戯れようと、自分の両足で立つ、強い男でいてもらわないといけない。

組長の沈黙が、皮膚にチリチリと突き刺さる。これから男関係を、今以上に管理していくことを考えると気が重い。肉の棒が物言わぬ家畜なら楽だが、人間だから面倒なことになる。

「知り合いにアドバイスされて俺も色々考えたんだよ。で、惣一に嫁を取らせることにした」

嘉藤は俯けていた顔を勢いよく上げた。

「相手は坂井《さかい》組の組長の次女で、彩美《あやみ》ってんだけどな」

名前を出されても、顔は出てこない。同じ傘下の組長と幹部は記憶にあるが、その子までは把握できていない。

「坂井組とのパイプもほしかったところだし、いいんじゃないかと思ってな」

ソファから立ち上がり、組長は窓際まで歩いた。惣一の年齢を考えると、いつ結婚してもおかしくない。しかし男狂いの噂が立っているこの時にと考えて気づいた。この時だからこそ、組長は火消しで結婚を進めようとしているんじゃないのか。

「縁談のこと、惣一さんは何と言われてますか？」

「これから話すんだよ。先にお前の耳に入れておこうと思ってな。まずは見合いってことで顔合わせをする段取りになってる」

もう決定事項なのだ。しかし今の状態で惣一が結婚しても、女性との生活……性生活が上手くいくとは思えなかった。

「……何だ、納得いかねえってツラをしてるな」

組長が顔を覗き込んでくる。

「お相手の女性は、惣一さんの性癖のことをご存じなんでしょうか」

鼻先でフッと組長は笑った。

「さぁな。こっちの倅がどうであれ、向こうも相手を選んでいられるような上等な娘じゃねえ。出戻りのアル中で、組の若い衆を片っ端から食い散らかしてる淫乱だ」

これだけ噂のたっている男に娘をやろうという組長がいることに違和感があったが、向こうも面倒な娘をこれ幸いと厄介払いしたがっているということか。

「男が男に走るってのはビョーキだ。タチの悪いことに病院に行って治るようなモンでもねえ。

……それでも、自分の撒いた種は、自分で責任持って刈り取るのが筋だと思わねえか、嘉藤よ」

みっともない噂の後始末を、組長は息子自身にやらせようとしている。

「女房がいるって状況になりゃ、周りの噂も少しは落ち着くだろ。それでいて万が一にでも子供ができりゃ、もうけもんだ」

……男が男に狂うという意味を、組長は十分に承知している。そしてこの結婚に、息子の幸せは微塵も加味されていないということは嘉藤にも理解できた。


後部座席に深くもたれかかり、惣一がため息をつく。午前中から顔を出すと、昼を一緒にと誘われると警戒したのだろう。午後一時と中途半端な時間に出向いたにもかかわらず、姐さんに引き留められ、結局は夕食も本宅ですませることになり、帰途《きと》につくことができたのは午後八時を回ってからだった。

夕方頃、組長と二人でしばらく席を外したことがあった。その時に見合いの話をされたのではないかと思うが、バックミラー越しに見る表情は行きと別段変わったこともない。感情は表に出る人なので、あの件を素直に受け入れたのかと思うと意外な気がした。

首を傾げ、じっと目を閉じている。疲れているようだし早くマンションに連れて帰ってやりたいが、道が混んでいる。もともとこの周辺は渋滞しやすくはあったが、それにしても全く進む気配のないこの有様は異常だった。

道行く人に、浴衣姿の若い女が多い。今日はどこかで祭りがあるのかもしれない。それならタイミングが悪かったなと思っていると、東京湾の方角からドーンと低く鈍い音が響いてきた。空で丸い火花が弾け、遅れてドーンと音がくる。

「……花火か」

後部座席から、呟きが聞こえる。

「そのようですね。車が動かず申し訳ありません」

迂回路《うかいろ》を探してナビを表示するが、そちらの道へ行くまでに時間がかかりそうだ。車は亀に追い越されるのではないかと思うほどノロノロとしか進まず、その間に、ビルの隙間から夜の花がいくつもあがり、弾けていった。

歩道には浴衣姿の男もそこそこ見かけるが、襟元がだらしなかったり、着崩していたりと、粋《いき》と思える者はいない。昼間、母親に新調された浴衣に渋々袖を通していた惣一は、すっきりと品よく着こなしていた。

「姐さんがあつらえていた浴衣、よくお似合いでしたね」

ぼんやりと眠たそうだった惣一の目が、ゆっくりと開く。

「……母の道楽には参る」

後部座席の左側には、浴衣の入った箱がある。「ほしくなったら、誰か取りに寄越すから」と惣一は本宅に置いてこようとしたが「こういうものは、着たいと思った時に傍にないと着ないものよ」と姐さんに強引に持たされていた。

「疲れたから、ホテルで休んでいく。……手配しろ」

迂回路に入る曲がり角も見えていたし、順調にいけば三十分ほどでマンションに帰ることができる。しかし迂回路が混んでいないという保障はない。

「承知しました」

過去の事件のせいで、外部からの攻撃を極端に怖がる男が泊まれる、部屋の窓に防弾ガラスが設置されたセキュリティの万全なホテルはそう多くないが、この少し先に眼鏡にかなう物件がある。

ホテルに連絡を入れると、いつも使っているVIPルームに空きがあったので宿泊の予約を入れ、後続車のボディガードにマンションではなくホテルに向かう旨《むね》を伝えた。

脇道に出ると車が流れ、十分ほどでホテルの地下駐車場に辿り着く。ボディガードの一人に宿泊手続きをさせ、戻ってきたところで専用エレベーターからVIPフロアのある階まで移動した。ボディガードと共に惣一をドアの外に待たせ、客室のチェックをする。イレギュラーな宿泊だし、敵対する組員が何か仕掛けてくる可能性は一パーセントもないだろうが、いつものように念には念を入れる。

バスルームからクローゼット、ベッドの下まで一通り確認してから、ボスを招き入れた。部屋に入ると、惣一は真っ直ぐにベッドルームへと向かう。すぐ横になるかもしれない。飲み物の手配を考えていたが、様子を見たほうがよさそうだ。

大したことはしてないから、気疲れだろう。このまま眠ってくれればありがたい。そうすれば睡眠薬がわりの男の手配も必要ない。

ドーンと鈍い音が響く。嘉藤は窓辺に近づき、カーテンの隙間から外を見た。高層階なので、車の中から見るよりも花火と音が近い。

人の気配に、反射的に振り返る。そこには浴衣姿の男が立っていた。裸足でゆっくり近づいてくると、窓際のソファに腰掛け足を組んだ。

黒地に滝のような縞《しま》の入った浴衣は、色白の肌によく映《は》え、端整な男の雰囲気を際だたせる。母親は息子に似合うものをよく知っている。

「部屋の明かりを消して、カーテンを開けてくれ」

「よろしいんですか?」

狙撃を警戒し、マンションにいる時はカーテンを開けることはない。

「どの組も、外からこの部屋を狙うスナイパーを雇う時間はないだろう」

柔らかい表情でフッと笑う。本格的に花火を楽しむつもりらしい。もしかしたら、暗いほうが狙われる確率が少ないと考えたのかもしれないが、どちらでもよかった。嘉藤は部屋の明かりを消した。広いVIPルームはフットライトが点灯するだけの暗闇になる。ゆっくりとカーテンを引く。夜空に煌《きら》めく華やかな光の競演を、惣一はソファに片肘を突いて、満足げな表情で眺めた。

「飲み物をお持ちしましょうか」

花火に目を向けたまま「辛口の日本酒を」とオーダーがある。ルームサービスのメニューにはなかったが、コンシェルジュに連絡を入れると、十分も経たぬうちに冷えた新潟の地酒とグラスが二つ届けられた。グラスの個数は指定しなかったが、気を利かせたつもりらしい。部屋の外でそれを受け取った嘉藤に「グラスが足りなければ、お持ちします」と若いボーイは愛想よく微笑んだ。

冷えた酒をグラスに注いで差し出す。惣一は「お前も飲め」と顎をしゃくった。

「しかし私は……」

「命令だ」

自分が酔っている間に何かあったら心配なので、会合以外では殆ど飲まず、飲んでも付き合い程度だ。身辺警護という意味では、ドアの外とホテルの入り口に配置している人員で十分で、密室であるここは安全だ。強固に断るのも無粋かと「では、失礼して」と、手酌《てじゃく》でグラスに酒を注いだ。

惣一の向かい側のソファ、肘掛けに座り窓の外を眺めながら酒を舐める。色とりどりの夏の花が、華やかに弾け散っていく。花火をゆっくりと眺めたのはいつ以来だろう。付き合っていた女にせがまれて一緒に出かけたことはあるが、それも十年以上前の話だ。

花火が開いて明るくなるたび、惣一の青白い輪郭《りんかく》がぼんやりと浮かび上がる。今はまだその端整な顔立ちや線の細さに目がいくが、あと十年、二十年も経てば貫禄《かんろく》も出て、組を背負って立つ、今以上に立派な器《うつわ》になるはずだ。

将来の惣一を想像しつつ、花火を眺める。弾ける美しさと、一瞬で消える儚《はかな》さ、潔《いさぎよ》さ。人生を花火にたとえた先人が味わったのは、虚しさだったのではないだろうかと、そんなことを考える。

九時に少し前、空は何十発もの花火の乱れ打ちで昼間みたいに明るく輝き、数秒で何ごともなかったかのようにもとの暗い空に戻った。終わったのだ。

「明かりをつけましょうか?」

「いや、いい」

首を横に振る。花火の余韻に浸りたいのかもしれない。テーブルの上に視線をやると、グラスが空になっていた。そっと酒を注ぎ足す。

「お前は飲んでいるか」

「いただいています」

まだ一杯目、中身が半分以上残ったグラスを嘉藤は軽く揺らした。

惣一はグラスの酒を、まるで水でも呷《あお》るようにグイッと飲み干す。普段は一杯をゆっくり、時間をかけて味わうのに、今日はテンポが速い。飲みすぎではないかと気になったが、これから先の予定はベッドで寝ることしかない。母親染みた小言を言われるのも鬱陶しいだろうと思い、敢えて黙っていた。

「そういえば」

ボスが自分のほうに顔を向けているのはわかるが、暗くて表情は見えない。

「父さんに、見合いをしろと言われた」

驚きはなかった。

「相手は坂井組の組長の娘だそうだ」

喋る口調は、淡々としている。惣一がこの話をどう捉えているかわからないので、返事ができない。組のためと割り切って結婚に前向きなのか、女などほしくない、見合いは迷惑だと思っているのか……。

「ひょっとしてお前、知っていたのか」

一転、声のトーンが刺々しくなる。取り繕ったところで、嘘はすぐにばれる。

「本宅で、組長から直にお聞きしました」

惣一は「ハッ」と笑い、右手で額を押さえた。

「どうりで反応がないと思った。……お前はこの縁談をどう思ってるんだ？」

組長はどんな風に見合いの件を切り出したのだろう。自分に話した時のように、男関係が噂になっているから、女と一緒になって火消しをしろとは言わないだろう。そうなると坂井組との強いパイプがほしいという方向から切り出したのだろうか。

本当の理由や、後付けの理由がどうであれ、この縁談が惣一にとって吉と出るか、凶と出るかわからない。ペニバンをつけた女としかできず、今は男との情事に耽溺《たんでき》する次期組長と、出戻りのアル中女。女が酒をやめ、惣一も女を気に入り、よき家庭を持つ可能性もゼロではないが……。

質問の答えになっていないのを承知で「決めるのは、惣一さんです」とはぐらかした。

「僕が結婚してもいいのか」

……昔、まるで同じことを言ってきた女がいた。若くて美人だったが、二股をかけられていたと気づいた時に捨てた。女は「あなたのほうが好きなの」と縋《すが》り「私が他の男と結婚してもいいの」と詰め寄ってきた。

「ご自分の納得されるようになさればいいと思います」

惣一は「この僕に、女と結婚しろと？」と胸を押さえた。もしかして「結婚は止《や》めたほうがいい」と自分に言われたいのだろうか。

「私の一存では何も言えません。組のこと、ご自身の将来のことを考えて、惣一さんが決めてください」

グラスを手にし、惣一がふらりと立ち上がった。

「……酒が不味《まず》い」

低く吐き捨て、グラスの中身を向かいに座る嘉藤にぶちまけた。頭が濡れる感触と、強いアルコール臭。辛口の酒が顔面を滑り落ち、鼻や顎先からボタボタと絨毯に落ちる。

「申し訳ございませんでした」

手のひらで顔を拭った。

「違った銘柄を用意させます」

「必要ない」

空になったグラスを床に放り投げる。

「酒はもういい。男を呼べ」

感情の抜け落ちた声が、最悪の命令を下した。

タオルで拭いても頭にぶちまけられた酒の粘着感が取れず、水で流した。首から上はずぶ濡れになったが、ようやく粘りとアルコール臭が消える。水滴が滴る髪をタオルで拭っていると、鏡の前に置いたスマートフォンのSNSに部下から連絡が入った。

乱暴に髪の水滴を拭い取り、濡れタオルをランドリーボックスに突っ込んでからドアに向かう。内側から軽くノックすると、外にいる組員が「荷物が届きました」とドア越しに声をかけてきた。ドアスコープで「荷物」の顔を確認し、二人の男を部屋に招き入れる。

「どうもっす。ホテルに呼び出しって、珍しいっすね～」

愛想よく笑いかけてきたのは、桑田《くわた》という名前の短髪の男。歳は二十八歳で、土木作業員をしているだけあり体格がいい。妻子はいるがバイセクシャルで、こちらの仕事は趣味を兼ねたアルバイトと割り切り楽しんでいる。後腐れがなく呼びやすい。

もう一人は石鎚《いしづち》という痩せて神経質な男だ。歳は二十三歳で仕事はバイクのメッセンジャー。バイトでゲイビデオに出た経験があると聞いている。

二人を寝室に連れてきても、呼びつけた本人はベッドの上で寝そべって文庫を読み、振り向きもしない。

読んでいる本は、嘉藤がここ何日か持ち歩いているものだ。勝手にバッグの中から取り出されているが、怒るようなことでもない。

「久し振りだね、水原さん」

不機嫌なオーラを放つ惣一をものともせず、桑田は嘉藤が用意した偽名で惣一を呼び、明るい表情でベッドに近づく。生きたディルドたちは自分達の相手について「会社社長の息子、水原誠」という偽りの情報しか知らない。

「今日は浴衣なんだ」

桑田はベッドに半分乗り上げ、惣一の脇腹から腰にかけてをそろりと撫で上げた。浴衣の体がピクリと震える。

「花火に行ってきたの？」

「……ここで見てた」

ようやく本を閉じるが、握り締めたまま離さない。嘉藤は二つ並んだベッド、その足許にあるソファに腰掛けた。

石鎚は背後から惣一に近づいていく。無愛想で桑田のように軽口を叩かないが、浴衣に興味はあるのか指先を襟に引っかけ、うなじの奥を覗き込んでいる。

「浴衣ってさ、エロいよね」

桑田が惣一の胸許に鼻先を近づけ、匂いを嗅ぐ。石鎚も痩せてはいるが基本体格はいいので、二人に前後から挟まれると、肉食動物に捕食された兎《うさぎ》のように惣一は小さく見える。

「卑猥《ひわい》なものを見せてやろうか？」

兎が、低い声で呟く。

「えっ、なに？」

桑田が顔を上げる。横になったまま、惣一は片膝を立てた。サラッと浴衣の裾がはだけ、淡い色をしたむき出しの性器が露《あらわ》になる。陰毛を剃り落としたそこは、やたらと生々しい。どちらかわからない、ゴクリと唾を飲み込む音が、少し離れた場所にいる嘉藤の耳にも聞こえてきた。

「パンツ、どこに忘れてきたんだよ」

桑田の視線はそこに釘づけだ。

「浴衣の下には何もつけないのがマナーだ」

平然とした顔で嘘をつく。江戸時代の女なら兎も角、今時、浴衣の下に下着をつけない者はいない。しかし桑田は信じてしまったらしく「そうなんだ」と目を細める。

軽く腰を振り、惣一は雄を挑発する。淡い色の生殖器が、遊び相手を探してブラブラと左右に揺れた。

「あんた、ほんと卑猥だよね」

桑田の手が浴衣の端にかかり、横に広げて股間の更なる露出を促す。恥じ入るどころか、その先を求めて雌犬の顔をした男は曲げた膝を大きく広げた。

「あんっ」

細く華奢な体が大きく反り返る。背後から覆いかぶさっていた石鎚が、白いうなじを甘噛みしている。

「い……たい……」

惣一の訴えに耳を貸すことなく、石鎚は甘噛みを繰り返し、浴衣の袷《あわせ》から中に手を差し入れた。胸許をまさぐるたびに、浴衣の布地が大きく膨らむ。

「いつも思うんだけどさぁ」

桑田が体の位置を惣一の腰の辺りまでずらした。

「あんたって贅沢《ぜいたく》だよね」

大きく広げられた股、乳首への刺激で反応した薄い色のペニスを、桑田はモノのように指先で摘《つま》んだ。

「自分では何もしなくて、いつも人に気持ちよくさせてもらってさぁ」

摘んだペニスに顔を近づけ、桑田は犬のようにクンクンと匂いを嗅いだ。

「ここ、すっげえ蒸れた匂いがする」

呟き、桑田は厚い舌で貧相なペニスを根本から舐め上げた。

「ああっ……ん」

細腰が前後に揺れる。勃起するまでいかない中途半端な体勢のペニスを右手の二本の指で支え、桑田は本格的な愛撫を始めた。先端から括《くび》れまでを舌先で、あめ玉でも舐めるようにペチャペチャと音をたててしゃぶり、細い穴から漏れ出す透明な滴《しずく》をすくい取る。

「はあっ、ああっ……いいっ……いいっ……」

先走りを堪能《たんのう》したのか、桑田は口を大きく開けてペニス全体を銜え込んだ。ジュルジュルと濡れた音が辺りに響く。

フェラチオをしながら、二つの柔らかなボールを揉み上げる。桑田の指の間で遊ばれる陰嚢は、軟体動物に似て柔軟に形を変える。

喘ぎ声が聞こえなくなったと思ったら、石鎚が惣一の髪を摑んでキスをしていた。物静かな男だが、行為は激しい。唾液が滴るほどキスしたあと、フェラチオで喘ぐ口腔《こうこう》に指を突っ込み、かき回す。飲み込めない唾液が透明な泡になって惣一の口角から溢れ出す。

浴衣の裾は捲り上げられ、上も肩からずり落とされて、淡い色の乳首が露になる。石鎚は左手で清楚な乳首を、赤くなるほど強く摘み上げていた。

「あのさぁ」

惣一の股間に顔を埋めていた桑田が、唇を濡らしたまま嘉藤を振り向いた。

「アレ、ある？」

足許に置いてあったバッグから四枚綴《つづ》りになったものを取り出し、桑田の顔の傍に置く。

「どーも」

桑田は右手の人差し指と中指にゴムをかぶせ、淫乱な股を大きく広げさせた。そして数え切れないほど肉棒を銜え込み、今も物欲しげにヒクついているそこに舌を這わせた。

「ひぃっ……あっ」

甘い声が漏れ出す。石鎚はキスをやめ、白い首筋に噛みつきながら、両手で左右の乳首を摘み上げた。与えられる快感を貪欲に享受する体。その目は赤く潤《うる》み、口は半開きで厭らしい喘ぎ声を絶え間なく紡ぎ出す。

セックスに夢中になっても、文庫本は右手に持ったまま。力を込めて握り締められた本は丸まり、ぐしゃぐしゃになっている。

「ひいっ、あああああっ」

嬌声がひときわ艶を帯びる。

「あっ、駄目だ、駄目……っ」

細腰が激しく揺れる。ペニスを挿入されたのかと思ったがまだそこまで至っておらず、窄まりに指を差し込まれただけだった。桑田は指を大きく動かし、屹立したペニスをしつこくしゃぶった。

「ああっ、うん……あっ……ん」

チラリと腕時計を見る。このペースだと終わるまであと一時間弱というところか。相手が一人だと時間がかかるが、二人だとペースが早い。性欲は強くても体力はないので、数回いかされたら、そのまま気を失うように眠りに落ちる。複数人のプレイが増えてから、その傾向はより顕著《けんちょ》になってきた。

ピリッとビニールの破れる音に振り返る。桑田が新しいゴムを装着する。

「おい、俺もうやるぜ」

桑田が声をかけると、しつこく上半身を愛撫していた石鎚が顔を上げた。

「そんでもって、バックからやりたいんだけど」

桑田の要望で、石鎚が惣一から手を離す。既にぐったりとしている体を俯せにし、桑田は抱え上げた腰を引き寄せた。上半身は俯せたまま、腰は突き上げた体勢になる。白い双丘を乱暴に掴み、桑田は自身を狭間《はざま》に突き刺した。

「あ……あっ……」

惣一が喘ぎ、背骨が身悶《みもだ》えるように左右へうねる。

「入ったの、わかる?」

桑田の問い掛けに、雌犬はコクコクと頷いた。

「どんな感じ?」

掠れた声で「きもち……いい」と答える。

「誠さん、後ろから突かれるの好きだもんね。俺のチンコでもっと気持ちよくしてやるよ」

言い終わるか終わらないかのうちに、桑田は肉棒の大部分を引き抜き、そしてパシッと音が出るほど激しく突き上げた。

「あうっ」

両肘を突いたまま、背中を大きくしならせる。桑田は繰り返し腰を打ちつける。パシッ、パシッと肌が激しく接触する音が響き、そのたびに惣一は「あっ」「はあっ」と声をあげていた。

「もっと……もっと……突いて」

腐った桃の、甘ったるい声でねだる。

「……前もいっぱい触って」

桑田は白い背中に覆い被さり、腰をカクカクと揺らしながら、屹立した雌のペニスを扱く。

「ああっ、ああんっ……いいっ、いいっ、きっ、もっ……ちいいい」

快感で細かく震えていた惣一の頭、その髪を石鎚が鷲摑みにした。

「あっ……いた……」

無理に顔を引き上げられた惣一の眼前に、屹立した石鎚の雄。銜えろと命じられたわけでもないのに、当然のように大きく口を開け、雄を口腔に迎え入れる。ちうちうと吸う音は聞こえてきたが、それでは我慢できなくなったのか、石鎚は強引に腰を突き入れてきた。

惣一の喉が「うごっ」と奇妙な音をたてる。かまわず石鎚は激しい抽送《ちゅうそう》を繰り返す。愛など微塵もない、欲と欲がぶつかり合う獣の交わりだ。結局、惣一の浴衣はきちんと脱がされることなく、裾から大きく捲り上げられ、上からズリ下ろされた恰好で、腰の辺りでただの腰巻きと化していた。

肌がぶつかる音と、体液が擦れる湿った音。いくつもの荒い息遣いと、子猫のような甘い喘ぎ。

……バイブにしていたスマートフォンが振動する。惣一が取り込み中の今、電話には出たくない。相手は株の売買に使っている堀《ほり》という男だ。証券会社に勤めていた経験があり、腕がいいので惣一が高給で雇った。今は事務所がわりにしたマンションの部屋で、日々金を転がしている。

何の用だろうと思っていると、今度は奴からメールが届いた。祖母が亡くなり葬式があるので、明日は休ませてくれるよう惣一に聞いてもらえないかとのことだった。惣一に連絡が取れず、仕方なく側近の自分に電話とメールをしてきたのだ。

チラリとベッドの様子を窺《うかが》う。いつの間にか前後の男が入れ替わり、惣一は石鎚に背後から貫かれた背面座位の体勢になっていた。石鎚は繋がったままの腰を突き上げながら、惣一のペニスを激しく扱き上げている。

雌犬の口は休むことなく、自分の目の前に立った桑田の肉棒を銜えていた。目を閉じ、黒々とした陰毛の中に顔を埋め、懸命に舌を動かしている。

とても部下の明日の休暇を確認できる状態ではない。嘉藤は狂態を横目にメールを入力する。惣一は取り込み中なので、返事は今晩遅くか明日の早朝になること、そして休みを取ることはできると思うので帰る準備はしていいと書いて返信した。

醜悪な獣の交わりは、二人の男の位置が入れ替わりながら延々と続く。そういえばマンションのセキュリティを追加する件について、会社の担当者から今日中に連絡がある予定だったのにきてなかった。あれはどうなったんだろう……事務を任せている部下に確認を促すメールを打っている最中、右のこめかみに何かぶつかってきた。

バサッと音がして、足許に丸まった文庫本が落ちる。ベッドに目を向けると、顔から誰のものかわからない精液を滴らせた雌犬が、泣きそうな目で自分を睨みつけていた。

それも数秒のことで、惣一は正常位で桑田に貫かれ、同時に顔の上に跨《また》がった石鎚のペニスを銜えさせられる。激しく責め立ててくる肉棒の来襲に耐えかねるように、最後は死にかけた蛙《かえる》さながら手足をヒクつかせていた。

惣一は快感の中で堕ち、気を失った。ようやく肉の宴の幕が引かれる。生きた道具は立派に役割を果たした。二人が服を着るのを見計らい、寝室の外へ出るように促す。金を用意しリビングにいくと、石鎚はソファに腰掛け、桑田は窓辺に立って外を見ていた。

「この部屋、すげーね」

子供のようにニコニコしながら、桑田は嘉藤のもとに駆け寄ってくる。

「社長の息子って、やっぱ金あるんすね。男を買う時も二人セットが多いし。贅沢だよね」

無言のまま、それぞれに約束した代金を生のまま手渡す。

「まいどあり」

桑田は万札を折りたたんでジーンズの後ろポケットにねじ込む。石鎚は枚数をきっちり確認してから、向きをそろえて財布にしまった。

「またあのエロ坊ちゃんがしたいって言ったら、俺を指名してよ」

セックスの疲労を微塵も感じさせず、桑田は陽気に笑う。

「あの人、エロエロで感度いいし。なっ」

桑田が同意を求めたが「あれは品がない」と石鎚はバッサリ切り落とした。

「フェラも下手くそだ」

厳しい指摘に、桑田が「下手なトコが可愛いんじゃん」と肩を竦める。

「それにぶっちゃけ、ここでのバイトって美味しいんだよね。ソープ行って、逆に金もらって帰ってくるって感覚だわ」

内容的には相違ないかもしれないが、ソープ嬢と惣一を同じレベルで語られることに、苦笑いを禁じ得なかった。

二人を帰してから寝室に戻ると、ムッとする青臭い匂いが鼻をついた。ずっといる分には気にならなかったが、行為の残滓《ざんし》がひどい。

ベッドの上、横向きで丸太のように転がる体。結局、最後まで完全には脱がされぬまま、おろしたての浴衣は三人の汗と精液でドロドロになっている。

股の間から覗くペニスは、散々弄ばれ、吸われたせいで鬱血《うっけつ》し赤みが増している。それは弄られすぎた乳首にもいえることで、こちらは見てわかるほど腫れ上がっている。惣一がそこを吸われるのが好きで、何度もねだるせいだ。

後始末をして本格的に休ませようと、帯をほどく。浴衣は帯で腰に巻きついているだけだったので、脱がせるのは容易だった。

「……捨てろ」

寝ていると思っていた惣一が、薄く目を開ける。その視線は嘉藤が手にしている浴衣に向けられていた。

「ですが、これは姐さんが……」

「その薄汚いモノを僕の目の届かない場所に持っていけ」

掠れた声で怒鳴る。仕方がないので、ひとまずバスルームのランドリーボックスの中に放り込んだ。細身の体にしっくりと馴染んでいた浴衣は、体液で汚れた今、足拭きマットよりも汚らわしいものに変わり果てていた。

シャワーを浴びる気力もないようだったので、温めたタオルで汚れた全身を拭い、備えつけのパジャマを着せて隣の、清潔なベッドの上に横たえた。大口を開けて男のモノをしゃぶっていた唇は、先ほどの狂態をすっかり忘れたかのように、おとなしく閉じられている。

換気をするのが難しいので、精液と汗が染みこんだシーツを丸め、これもランドリーボックスに突っ込んだ。寝室に戻ると、惣一はスウスウと軽い寝息を立てていた。その穏やかな表情を横目に、くしゃくしゃになった文庫本とスマートフォン、バッグを手にリビングに戻り、ソファで横になった。時計を見ると午前一時を回っている。

文庫本は表紙が半分破れていたが、読むには支障ない。しかし数行も目で追わぬうちに強烈な眠気に襲われ、本をテーブルに置き目を閉じた。

……ドアが開閉する物音で目が覚める。カーテンの隙間から日差しの気配を感じ、テーブルの上に置いてあった腕時計を引き寄せる。午前八時を少し過ぎている。

シャワーを浴びているのか、水音が聞こえる。嘉藤は起き上がり、狭い場所で寝てしまったせいで凝《こ》り固まった背中の筋肉をほぐすため、大きく背伸びをした。そういえば、堀の件を確認しておかないといけない。バスルームに行き、ドアをノックした。

「おはようございます。入浴中すみません」

シャワーの音が止まった。

「取り急ぎ、確認したいことがあるのですが」

「中に入れ」

「いえ、ここでかまいません。昨日、堀から連絡があったのですが……」

「あいつにはさっき、休んでもいいと伝えた」

自分から連絡がないことに焦れて堀は直接、惣一に連絡を取ったようだ。

「そうですか。了解しました」

ソファの傍に戻った嘉藤は、昨日テーブルの上に置いたスマートフォンと文庫本がなくなっていることに気づいた。セカンドバッグの中にもしまっていない。

カーテンを開けるのは惣一が嫌がるとわかっていたから、部屋の明かりをつけた。

……嘉藤のスマートフォンは、壁際に転がっていた。上から重い物でも落とされたかのように真ん中が大きく凹《へこ》み、液晶画面が割れている。当然ながら電源は入らない。

文庫本は、びりびりに破られてゴミ箱の中だ。

ガラガラと引き戸が開き、犯人がバスルームから出てくる。バスローブで髪を拭いながらソファにドッと腰掛け、大きなため息をつく。

「朝食はルームサービスで」

命令し、朝刊を読み始める。壊れたスマホを手にしている自分にも気づいているはずだが、何も言わない。スマートフォンは新しく買えばいい。文庫もたかだか五百円程度だ。

「承知しました」

短く告げ、朝食を頼むために、嘉藤は内線の受話器を手に取った。

銀座《ぎんざ》の外れにある高級料亭『月霞《つきがすみ》』の門をくぐったところで、スーツを着た若い男と目が合った。慌てて頭を下げてくる。どこかで見た顔だなと首を傾げていると、他の組員が「ハチッ」とその男を呼んだ。本宅で、自分に突っかかってきた男だと思い出した時には、他の組員と共に料亭の裏口へ回っていった。

惣一付きのボディガードを見つけ「変わりないか」と聞くと「はい」と頷く。人員の配置は完璧だし、もとから料亭は貸し切ってあるので外から人は入ってこない。今、三十人ほどの組員が、料亭の内と外で番犬になって警戒している。

嘉藤は料亭自慢の中庭に足を踏み入れた。秋晴れの気持ちのいい天気で、足元には青紫色の桔《き》梗《きょう》の花が咲いている。

嘉藤の立っているその場所からは、斜め向かいに位置する料亭の一番いい部屋がよく見えた。座卓を挟んで、右側に本橋組の組長、姐さん、惣一の順に座り、向かい側は坂井組の組長、その妻、次女の彩美と並んでいる。彩美は藤色の着物を着こなした、綺麗な女だった。

今日は惣一と彩美の見合いだが、惣一が会うと決めた時点で、婚約は確定したも同然。この話は断ると思っていたので、縁談が進んでいると組長付きの組員から聞かされた時は驚いた。

今回の顔合わせも、惣一には知り合いとの「昼食会」とだけ聞かされていた。見込みのあるトレーダーを接待して引き抜くこともあるので、その類《たぐい》かと思っていたのにいざ店に行くと、貸し切りの上に厳重体勢。組長や姐さんもいて何ごとかと驚いた。

見合いの件を「お前はどう思う?」と惣一に聞かれた。それは部下の自分が決められることではないですと答えて以降、自分達の間に見合いに関する話題は一言も出ていない。だからこそ、立ち消えになったとばかり思っていた。

惣一は一人で考え、一人で決めた。考えがあってのことだとは思うが、その心中を読み解くことはできない。

ガラス越しに惣一が微笑んでいるのが見える。取ってつけたような顔で笑うボスの顔に一抹の不安を覚えつつ、遠くからじっと見守った。

★chapter 5

暗い夜を背景に、高層ビルの明かりがキラキラと煌めく。光の中にあるのが味気ないオフィスビルだとしても、外から見る分には美しい。そして美しいものは存在するだけで価値があり、そこに罪はない。

夜景を際だたせる演出か、店の中は薄暗い。客席のテーブル、中央に置かれた蠟燭《ろうそく》型のランプが、弱々しい光を辺りに放つ。

静まり返った店内に、ナイフとフォークが擦れ合うカチカチという微《かす》かな音が響く。

「とても美味しい」

顔周りをすっきりとさせたヘアスタイル、胸許が大きく開いたワンピースを身につけた女が、肉料理のソースで唇の端を汚したまま満足げに微笑んだ。

汚れに気づいているだろうが指摘することなく、惣一も「お口に合ってよかったです」と笑顔を見せる。その目は組の帳簿を確認している時と同じ、何の感情も宿っていない。

食事をする二人、惣一の五メートルほど背後に嘉藤は控えている。そして女の着ているワンピースの色が最初から気になっていた。なぜだろうと考えているうちに、ようやく理由らしきものに行きついた。キャバ嬢と同じなのだ。暗い場所では映えるが、品がない。

女は頬を上気させ、残りが少なくなったワイングラスを……まるでおねだりするように指先でそっと撫でた。

「次は何を飲まれますか？」

惣一が促す。自分からアピールしたくせに、女は指を頬にあて恥じらう素振りを見せた。

「ちょっと飲みすぎかな。恥ずかしい」

「そんなことありませんよ」

どこかから借りてきたような笑顔を、惣一は顔面に貼りつける。

「僕は食事も酒も、遠慮するより素直に楽しんで嗜まれる人がいいですね。……お好きな銘柄《めいがら》はありますか？」

惣一が右手を挙げ、ウエイターにワインリストを頼む。リストを手渡された女は、何の躊躇いもなく高級ワインを……それほど酒の種類に詳しくない嘉藤でも耳にしたことがある銘柄を口にした。

「こんなに素敵《すてき》なレストランに私たち二人だけなんて、まるで映画みたい」

女はテーブルに両肘をつき、顔の前で指先を組み合わせる。ホテルの最上階にある高級フランス料理店には、惣一と坂井組の次女、彩美の他に客は一人もいない。薄暗い店内の入り口や厨房などの要所に、ぽつぽつと見えるぼんやりとした人影は、組のボディガード。見張り役だ。

「無粋な輩がいなければもっと寛げたでしょうが、そこはご容赦ください」

それは明らかに、警護についている自分たちを指しているが、聞こえていない振りをする。上に立つ者は、身内を落としてでも見栄を張らないといけない時がある。暴漢が怖くてレストランを貸し切りにし、人払いをしているなどと言う必要はない。

「惣一さんは将来、本橋組の上に立つ大切な人だから、みんなが心配するのも無理ないです」

この警護は惣一の指示だが、女は本橋組の組長の配慮だと思っているのかも知れない。

女がようやく口許のソースに気づき、軽く拭う。惣一がフッと息をつくのがわかった。

尻を弄られないと勃起せず、今は男相手でしか性欲を解消することができない惣一が、結婚を前提に友好関係にある組長の娘と付き合い始めて三週間。最初はどうなることかと思ったが、嘉藤の不安をよそに二人の付き合いは順調に進んでいる。今回を含めて食事は三度目で、最初は和食、次はイタリアン、今回はフレンチだ。

前回のイタリア料理店も一軒家を貸し切っていたが、個室だったこと、警備の人間の半分は外で待機していたので、女は気づかなかったようだ。

惣一のエスコートぶりには隙がなかった。女の髪や化粧、服や持ち物など全てを褒め、とってつけた笑顔を絶やさず、何を言われても否定しない。まるで「恋人」とプログラムされた人形のようだ。

「最初からずっと思っていたことがあるの。言ってもいいかな？」

高級ワインを舐《ねぶ》りながら、女が目を細める。惣一は肩を竦めた。

「何だろう、怖いな。……けどどうぞ」

女はアクセサリーのように手許から離さなかったワイングラスをテーブルに置いた。

「気に障ったら、聞き流してね。惣一さんって、すごくかっこよくてお洒落《しゃれ》で、とてもヤクザには見えないの」

軽く瞬きしたあと、惣一は背中を丸めてクックッと笑った。

「私、そんなにおかしなことを言った？」

惣一は「あぁ、すみません」と謝る。

「僕は間違いなく本橋組の一員ですよ。しかし父とは仕事の仕方が違うので、昔ながらのヤクザとは異なって見えるのかもしれませんね」

ウエイターが新しいグラスにワインを注ぐ。女は空のグラスを埋める赤い液体を、うっとりした目で眺めている。そしてグラスが満たされると、ウエイターが去る前にグラスに口をつけた。飲んでいないと喋れないのかと思うほど、頻繁《ひんぱん》にワインは女の唇を濡らしていく。そして惣一自身は、最初のグラスワインがまだ半分も減っていなかった。

「今からの極道は賢くないといけない、惣一さんはこれからの人だって父が凄く誉めてたわ。私もそう思う」

「お世辞でも嬉しいです」

「本当のことよ」

話の切れ間を待ったかのようなタイミングで、ウエイターがメインディッシュの皿を下げる。もう次はデザートだというのに、女は同じワインをおかわりする。

アル中という事前情報通り、よく飲む。前回のイタリアンでは目につくほどではなかったので、相手に慣れて地が出てきたのかもしれない。

食事も終わり、そろそろ店を出ようという話になる。移動のため惣一の真後ろについた嘉藤は、女の体が席を立つと同時に大きく右に傾いたことに気づいた。反射的に飛び出し、ふらつく体を支えた。アルコールと甘ったるい香水の香りがフワッと鼻孔を掠める。

「ごめんなさい」

女は蜂蜜のように潤んだ目で嘉藤の腕を摑んだ。

「大丈夫ですか？」

惣一も近づいてくる。

「少し飲みすぎちゃった」

嘉藤を支えにして立った女は、細く息をついた。

「レストルームに行ってきていい？」

女が小首を傾げる。こういう場合、見合い相手である惣一がエスコートするのが自然な流れだが、返事をしない。予定外の行動は、動線の確認ができていないので危険だ。むやみに廊下を歩きたくないのだろう。

「私がご案内します」

嘉藤が切り出す。女は「そう?」と、惣一がついてこないことを気にする風もなかった。

「しばらく席を外します」

そう断り、女をレストランから連れ出した。レストルームはホテルと共用になるので少し離れた場所になる。柔らかい茶色の絨毯の上をまっすぐ進み、表示に従って角を曲がるとレストランの入り口も警備の組の者も見えなくなった。

女性用のレストルームに男の自分が入ると他の客を驚かせてしまうので「ここでお待ちしています」と入り口で酒臭い女の体を離したのに、寄りかかってくる。

女は「一人だと足元がふらついて転びそうなの」と緩く首を横に振る。一人で行かせ、転んで怪我でもさせたら大事《おおごと》になる。具合が悪い人間を介抱しているということであれば、中に入っても非難はされないだろう。

女を抱えたままレストルームに入る。心配をよそに、他の客の姿はなかった。レストランを貸切にしてあるので、利用客そのものがいないようだ。広々とした開放感のあるレストルームは、個室が一・五畳分程とゆとりがある。

「ドアの外にいますので、具合が悪くなるようであれば呼んでください」

不意に腕を摑まれた。個室に強引に連れ込まれ、立ち位置が逆転する。女は個室のドアを背に立った。カチリと音がして、ドアに鍵が掛けられるのが見えた。

女は嘉藤を見上げ、猫のように体をすり寄せてくる。見合い相手のヤクザの部下に色目を使うとは、相当の度胸だ。出戻った後も、組の若い男を食い散らかしていたと聞いていたが、さもありなん。先が思いやられる。それとも酔いすぎて羽目を外しているだけか？

女の体を、乱暴だと取られぬよう引き剝がした。

「気分が優れないのでしたら、しばらくお休みになりますか？　このホテルでよければ、部屋を手配させていただきます」

途端、女の顔が豹変した。

「スカしてんじゃねぇよ！」

右の頰に平手を食らう。さほど威力はないが、叩かれたことが衝撃で呆気にとられているうちに、女が飛びついてきた。強引に唇を押し当ててくる。酒臭い息を吐きながら嘉藤の唇をベロベロ舐め回した後、女は首に両腕を回してきた。

「惣一って嫌～い。神経質だしぃ、話もつまんない」

これは最高級に厄介なタイプだ。向こうの組長が、早々に片づけたがった気持ちがわかる。

「それにぃ」と女は続けた。

「組の若いのが言ってたけど、あいつホモなんでしょ。あの顔で男に突っ込まれてアンアン喘いでるとか、マジでキモ～い」

女はペッと唾を吐く仕草を見せた。

「パパも鬼畜だと思わない？　何もあんなちんぽの小さそうなホモ野郎を娘にあてがうことないじゃん」

文句を吐き出し、女は上目遣いに見つめてきた。

「あんたみたいなタイプ、大好き」

女がワンピースの裾を摘み、捲り上げた。つい視線をやってしまい、ギョッとした。薄い毛が密集した女の股間。……下着をつけていない。

「あんた、ちんぽ大きそう」

スラックスの股間に触れてくる。噂通り、いや、それ以上のビッチだ。品のない女は好きだしそそられないわけではないが、相手が悪い。

女のウエストを押さえ、素早く体勢を入れ替える。鍵を開けて個室を出ると、ドアを外側から押さえる。女はワンピースの裾を摑み上げたままだったが、慌てて手を離した。

「私はレストルームの外で待っています。用がすみましたらお戻りください」

サクッとあしらわれたと気づいた女は顔を真っ赤にして「この腐れインポ」と怒鳴った。丁寧に礼をし、嘉藤は女性用のレストルームの外へ出た。個室に入った途端、しっかりと立っていたし、よろけたのは演技だろう。誘い方が手慣れていたので、あの調子で何度も男を銜え込んだことがあるに違いない。

廊下の向こうから誰か近づいてくる。ハチだ。視線が合うと、ぺこりと頭を下げる。高校を中退し、窃盗グループの下っ端をしていた鉢谷《はちや》は、グループの逮捕で少年院に入所した。そこでの知り合いに誘われ、出所と同時に本橋組に入ってきた。本家で部屋住みをしていたが、警戒心が強く鼻が利きそうだったので、女との婚約で外出が増えた惣一の警護用にと組長から借り受けた。茶髪でパグに似た独特な顔の鉢谷を惣一は嫌っているが、文句は言わない。人選は部下の自分に一任しているからだ。

読みは当たり、ハチは使える男だった。頭がよくて注意深く、警戒心が強い。そして初対面で失礼な物言いをしたにもかかわらず、嘉藤が組長の下から名指しで引き抜いたことに感激し、名前の通り嘉藤の靴を舐めんばかりの忠犬ぶりを見せた。

「お前は惣一さんの警護役だろう！　勝手に持ち場を離れるな」

ハチは支給された、体に馴染んでいない高級スーツの袖口をギュッと握った。

「……二人が遅いから、様子を見てこいと惣一さんに命じられました」

しどろもどろに言い訳をする。もしや惣一は女の演技、本性を見抜いていたんだろうか。背後のレストルームに視線をやる。まだ個室を出てくる気配はない。

「お前はここで彩美さんを待ってろ。出てきたらレストランの前まで連れてこい」

「あ、はい。けど俺でいいんですか？」

「かまわん」

嘉藤はすれ違い様、番犬の腕を摑み、耳許に囁いた。

「……あの女は噂以上のビッチだ。誘われても絶対に手を出すな。あんなクソ女でも、上のモンのイロに手を出したとなったら、腕の一本や二本じゃすまないぞ」

ハチはゴクリと唾を飲み込み「わかってます」と頷いた。女の世話係を形ばかり残し、レストランへと戻る。窓際のテーブル席から壁際のソファに移動した惣一は、四人の、盾になって佇む警備に囲まれてゆったりと座っていた。

「お待たせしてすみません。彩美さんはもう少し時間がかかりそうです」

自分の報告を聞いているはずだが、返事はない。そのかわりに「疲れた」とため息をついた。

「あの女には知性がない」

頬杖を突き、ぽつりと呟く。確かに問題のある女だが、それを主人の前で言えるわけもない。

「綺麗で快活な方です」

「高級ワインをビールのようにがぶ飲みする、品のないアル中だ」

惣一はゆっくりと立ち上がり、嘉藤の胸許を指さした。シャツに視線を落とすと、襟の下が赤く汚れている。レストルームで抱きつかれた時だろうか。

「彩美さんを介抱した時に、汚してしまったかもしれません」

ネクタイを摑んで顔を引き寄せられ、前屈みの体勢になる。同時に高く振り上げられた右手が見えた。わかっていても避けることはできず、まともに平手を食らう。惣一は腕力のあるほうではないが、男だ。それなりに力はある。嘉藤は横向きに吹っ飛び、二人がけのテーブルに背中から突っ込んだ。椅子が倒れ、静かな店内にガタガタッと大きな音が響く。

警護の部下が、直立不動のまま青ざめる。ボスに意見できる者などいない。

「申し訳ありませんでした」

嘉藤はその場で土下座した。本心はどうあれ、表向きは『自分とボスの女との距離が近すぎた』だろう。そしてここは怒った惣一の面子のため、自分が一番悪いとしなければいけない。

長い沈黙の後「顔を上げろ」と命が下った。頭を引き起こす。惣一の履いている、手入れの行き届いた革靴がゆっくりと動くのがわかった。蹴られるんだろうかと、全身に力が入る。

靴底が嘉藤の口を拭うようになぞる。そして最後は肩口に乱暴に擦りつけられた。胸がヒヤリとする。個室でしつこく舐め回された。汚れていたのは、胸許だけではなかったのかもしれない。

「……部屋を手配しろ」

ボスの唇がゆっくりと動く。

「ここに泊まられますか？」

どうしても帰れない時を除いて、外泊をすることは滅多にない。セキュリティを把握している馴染みのホテルならともかく、新しくできた外資系のこのホテルは一度も宿泊したことはない。

「同じことを何度も言わせるな」

威圧的な口調。「申し訳ありませんでした」と謝罪し「手配して参ります」とレストランを出た。フロントに行き、高層階のスイートルームを確保する。ホテルの従業員と共に先に部屋へ行き、中をすみずみまでチェックした。ＶＩＰルームではないが、窓さえ開けなければ安全に問題はないだろう。

準備を整えてレストランに戻ると、女がいた。塗り直したのか、つやつやと光る唇で「待たせてごめんなさい」と言っていたので、帰ってきたばかりのようだ。

レストルームに行ってから、十五分近く経っている。待たせるにもほどがあるかと思うが、惣一は「どうぞ気になさらず」と人形の微笑みを浮かべている。まるで狐と狸の化かし合いだ。どちらも本音は言わない。

「ご気分がすぐれないようですし、部屋で少し休んでいかれませんか」

惣一の誘いに、女は驚いたように何度か瞬きしていたが、スッと目を細めた。

「そうさせてもらおうかな」

前後をヤクザの護衛に守られて、二人は部屋へと向かう。予想もしない展開に、嘉藤は内心、戸惑っていた。泊まるのは、惣一一人だと思っていた。まさか「知性がない」と揶揄《やゆ》していた女にその気になるとは予想外だった。

婚約を前提とした付き合いで三度目のデート。この結婚は二つの組が結びつきを強固にするための手段だと惣一が割り切っていれば、ベッドインしてもおかしくない。しかしあの女を相手にできるのだろうか。相性のよかった恋人でさえ、ディルドで尻を犯されながらの性交だった。

嘉藤は部下に耳打ちし、車の中に常備してある惣一用の鞄《かばん》を持ってくるよう言いつけた。アレがなかったせいで、嘉藤自身が惣一のディルドの代用をして以降、車のトランクに常備してある。しかしディルドはあってもペニバンは入ってない。たとえペニバンがあったとしても、あれをつけて男を犯すという行為があの女にできるかどうか……。

不安をよそに、二人は寄り添って歩く。部屋の前まで来ると二人には外で待ってもらい、嘉藤は再度部屋の中をチェックした。安全を確認してから、二人を招き入れる。女は中に入った途端、目を大きく見開いた。

「素敵な部屋」

最高ランクのスイートルーム。リビングは子供が運動会をできそうなほど広く、調度品も高級ブランドのロゴ入り。寝室とバスルームは二つずつある。

「どうぞくつろいでください」

惣一はソファを勧めたが、女は窓辺に駆け寄った。嫌な予感がする。案の定、カーテンの開閉スイッチを操作しようとしたので、慌てて止めた。

「カーテンはそのままでお願いします」

女は振り返り、鬱陶しそうに嘉藤を睨み付けた。

「どうして？」

「セキュリティを保てなくなりますので」

女は口許に手をあて、これ見よがしにクスクス笑った。

「ホテルの上層階よ。外から狙われるわけないじゃない」

確かにその通りだ。しかし他人から見て「滑稽」で「嘲笑《ちょうしょう》」されようとも、惣一には必要なものだ。

「警護が私の仕事ですので、カーテンはこのままで」

女はこれ見よがしにチッと舌打ちした。

「ねぇ惣一さん、そろそろあなたと二人きりになりたいなぁ」

女は邪魔者を排除にかかる。惣一はソファから立ち上がり、女に近づいた。

「嘉藤は私のボディガードなので、傍に置いておきます。いかつくて目の邪魔でしょうが、置物だと思って我慢してください」

惣一は女の肩に手を置き、抱き寄せた。そしてベッドルームに連れて行く。普段であれば、自分も寝室に入るが、今日はどうしたものだろう。迷って外に立っていると「嘉藤、来い」と命じる声が聞こえた。

足を踏み入れた寝室の中、ツインベッドの片方に女が押し倒されていた。

「……ねぇ、あの人に見られながらするの？」

レストルームで大胆に人を誘ってきたくせに、女は恥じらうふりをする。

「見られながらのほうが、興奮するので」

しれっと惣一が答え、女は「変態」と甘ったるい声で揶揄する。ベッドの上、男と女がまぐわい始める。嘉藤は寝室のドアの横に立ったまま控えた。足許には、惣一用のディルドを入れた鞄を置き、口を開けた。必要だと言われたら、すぐに手渡せるように。

「あんっ……やあっ」

女が高いトーンで喘ぐ。惣一が女と寝るのを目にするのは久し振りだ。中身はどうあれ、男が女を押し倒しているという状況は、男が男を押し倒す絵面《えづら》よりも安心して見ていられる。明るい中、膝を立てた女の足が艶《なま》めかしく左右に揺れる。

「そこっ、そこっ……あふっ……」

湿度の高い息遣いと、衣擦《きぬず》れの音。女はワンピースを脱がされ、ほぼ全裸になっているが、惣一はシャツすら脱いでいない。もしかしたら指だけで女をいかせるつもりかもしれない。

「ふはあっ、はああんっ……いいっ、いいっ、そこっ、気持ちいいっ」

女の喘ぎ声はやたらと大きく、品がない。惣一はタイプではないだろうが、自分は下品な女が好きだ。最初の女が淫乱だった影響か、恥じらうより自分から跨ってくる女に興奮する。

スマートフォンを取り出し、雄と雌のまぐわいを横目にメール画面を開いた。本来はマンションに帰る予定だったので、警備体勢を変更しないといけない。終わった後もそのままここに泊まると思うが、惣一が気まぐれに「帰る」と言い出す可能性もある。ホテルの警備はローテーションで、車も駐車場にそのまま待機するようメールする。伝達を終えて濡れ場に視線をやると、惣一も全裸になっていたが、依然として愛撫が続いていた。

「嘉藤」

ボスに呼ばれる。これだなと察し、道具の入った鞄を手にベッドへと近づいた。

「えっ……なに？」

明かりに煌々《こうこう》と照らされるベッドの上、全裸の女が上気した頬、とろりとした目で小さく呟く。

惣一はそっと女の髪を撫でた。

「この男にも、手伝ってもらおうと思います」

「それってぇ、三人でヤルってこと？」

「あなたを傷つけるようなことはしませんから」

女はゆっくりと半身を起こし、親指を銜えた。

「……いいよ。そういうの大好き」

女が膝を立て、両足を大きく広げた。割れ目の奥まで露出する。女性器を見せつけられて何も感じないほど枯れてはいない。視線を逸らし、床に置いた鞄からディルドを取り出した。これにはストッパーがないので、挿入中は自分が抑えておかないといけないかもしれない。

「それは必要ない」

ディルドを摑んだまま全裸のボスを見る。

「お前も服を脱いでベッドに上がれ」

胸がザワリとした。……嫌な予感がする。

「早くしろ！」

惣一が何を考えているのかわからないが、女も見ている。ボスの命令には逆らえない。その場で服を脱ぎ捨て、全裸になった。

男と女、二人の視線を股間に感じる。きまり悪いが、この状況で隠すのも変だった。

「お前のソレを勃《た》たせろ」

惣一が股間を指さしてくる。自分を勃起させて、何をしようというのだろう。意味がわからずそこに触れずにいると「ボスの前だと緊張してオナニーできないの？　かわいい」と女にからかわれた。

「さっさとやれ」

惣一が声を尖らせる。部下を勃起させて、二人で見て楽しもうということだろうか。それならそれで、自分は道化でいい。ベッドの上で膝立ちになりペニスを擦り上げた。しかし楽しませるための素材を提供するという意味でのオナニーは気分が乗らず、反応は遅い。

「大きいくせに鈍いのね。情けないの」

女がペロリと上唇を舐めた。

「情けないでかちんぽに、いいものを見せてあげるわ」

女は立てていた膝を大きく開き、自分の股の間に手を入れた。肉襞を弄る。ゴクリと喉が鳴った。下品なあばずれのヴァギナでも、見ていると興奮する。それがグンと固さを増す。

完全に近い形まで反り返り、ようやく命令に従えたとホッとして惣一を振り返ると、両目を釣り上げた鬼の形相《ぎょうそう》でこちらを睨みつけてきた。

「で、どうするの？　私の前と後ろで一緒にする？　それとも一人ずつ？」

惣一は女を押し倒し、上から覆いかぶさった。女がくぐもった笑い声をあげる。

「部下のおっきくてビンビンのちんぽを見て興奮しちゃったの。変態さんね」

女はまんざらでもなさそうな顔だ。

「嘉藤、お前のソレを僕に入れろ」

女が「えっ？」と眉を顰《ひそ》めた。

「早くしろ！」

ここでようやく惣一の意図を理解した。部下に尻を犯させて勃起し、それを女に入れようとしているのだ。それなら尻を犯すのはディルドでもよかったんじゃないか。いや……もしかしたら、犯されないと勃起しない事実を、３Ｐという形で誤魔化《ごまか》そうとしているのかもしれない。

入れないほうがいい。ボスは自分に好意を持ち、犯されたがっている。けれどここで退けば、自分はボスの命に従わない部下になり、女の前で惣一のプライドを傷つけることになる。

もうこれは仕方がない。覚悟を決め、バッグの中から潤滑油とゴムを取り出した。

「失礼します」

久し振りに間近で見る惣一の淫らな穴は、何回も男を銜え込んでいるにもかかわらず清楚な佇《たたず》まいを見せている。潤滑油を指に取り、嘉藤はヒクついている穴に指をグッと押し込んだ。

「あっ……ふうんっ」

雄の喘ぎ声が響く。まだ何もしていないのに、そこは柔らかくみっちりと絡んでくる。あれだけ女の痴態を前にしても力なく垂れ下がっていたものが、指だけでむくりと頭をもたげる。慣らすためにゆっくりかき回しているのに「早くっ」と切羽詰まった声が急《せ》かしてきた。

「早く、早く入れて」

指を銜え込んだまま、淫らに腰を振る。完全に勃起させてからの挿入だと、すぐに射精してしまうかもしれない。それでは困る。今回の目的は、あくまで「惣一が女に挿入」することだ。嘉藤は素早くゴムを装着し、淫らな穴に自身を勢いよく差し入れた。

「ひぃああっ、ああんっ」

背中をのけぞらせ、感極まった声を上げる。組み敷かれたままの女は、まるで化け物に遭遇したかの如くヒクヒクと頬を引きつらせ、惣一を見上げている。

「いいっ。いいっ。中、擦って。ぐちゃぐちゃにして」

これまで聞いたことがない、甘ったれた声でねだる。女の顔は鷲摑みにした紙切れのように歪み、こちらの行為に引いているのがわかる。

「……申し訳ありません。こういうプレイなんです」

女に下手な言い訳をする。とにかく行為を成立させないといけない。嘉藤は自身を締め上げる熱い筒の奥深くまで挿入した。

「あっ、んっ……はふっ」

細腰を引き寄せ、しっかりと固定する。惣一のペニスは完全に勃起し、先端から涎《よだれ》のようにダラダラと精液を漏らしている。

暴発せぬようはち切れそうな雌犬のペニスの根本を握り、串刺しにしたままの細腰を自分の腰でゆっくりと前へ押し出した。涎を垂らす惣一の先端が女のヴァギナに触れそうになった瞬間、抵抗があった。女への挿入に抗って手足を突っ張る。それを力で強引に押し込もうとすると、左右に腰を振る。女に入れるのを嫌がる。ここまできて挿入を拒むその態度に、微かに苛立ちが募る。

「惣一さん、力を抜いてください」

宥めるように脇腹を撫でても「嫌っ、嫌だっ」と駄々っ子のように首を激しく横に振る。

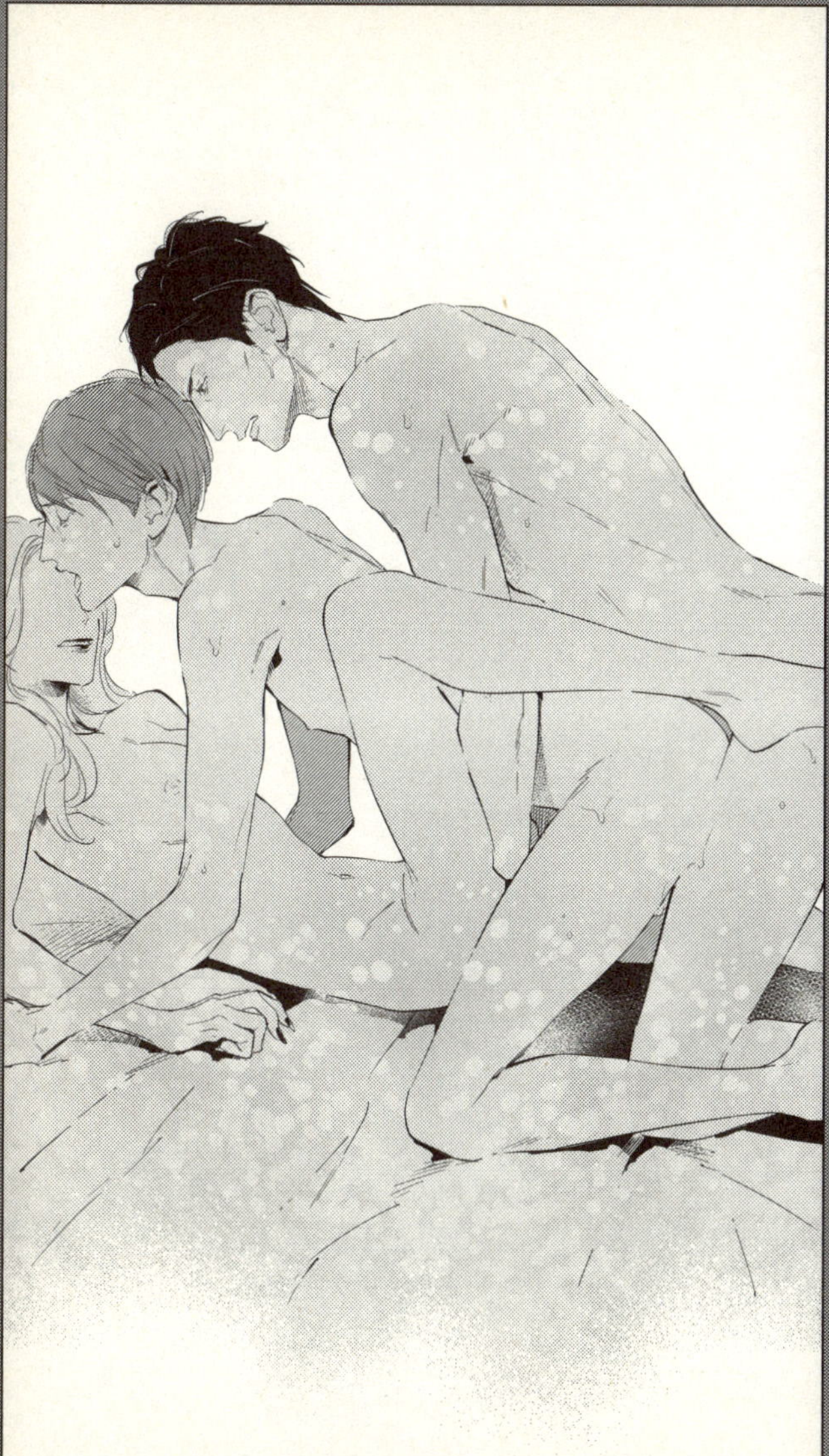

「……あんたたち、何やってんのよ」

冷め切った言葉が、滑稽な茶番を繰り広げる男二人に投げつけられる。惣一はシーツに広がる、女の乱れた茶髪を鷲摑みにした。

「やっ、やめてよ。痛いっ」

女の顔が苦痛に歪む。

「アル中のクソ女」

組み敷く男から飛び出した暴言に、女が目をむいた。

「人のモンに色目を使いやがって。こいつは僕のものだ」

女の視線が嘉藤を見る。何なのよこいつ、という顔だ。動かない男のかわりに惣一は自ら腰を前後に振って肉棒を味わい、「ふうっ、はあっ、ああんっあんっ」と気持ちよさそうに女の上で喘いだ。

「どけっ、この腐れホモ！」

怒鳴り声が響く。惣一が茶髪を捻り上げ、女は「ひいっ」と悲鳴をあげた。

「僕が羨《うらや》ましいか」

声が笑っている。

「こいつとセックスしている僕が羨ましいか」

どんな顔で女と話をしているんだろう。惣一は散々毒づいた女を抱き締め「ああんっ、はあっ……あんっ、あんっ」とAV女優のように喘いだ。もう無茶苦茶だ。このままだと取り返しがつかなくなる。

とにかく建前でも、惣一自身を女に挿入しないといけない。できさえすれば全て「プレイ」で言い訳できる。無理にでも女に押し込もうと腰を強く押す。するとこちらの意図を察したのか激しく抵抗された。

「やっ、嫌だっ。やめろっ」

四肢を強張らせて拒否する。

「惣一さん、本当は女性のあそこが大好きでしょう。入れたくてたまらないんですよね。罵られて、それで我慢するのが大好きですもんね」

何とかプレイの形を取ろうとするも「こんなクソ女に入れたくない。気持ち悪い」の一言で台無しになる。

密着した体がビクビクッと震えた。女に挿入させようと突き上げる行為が、結果的に中を刺激することになったと気づいた時にはもう遅く、惣一は女と繋がらないまま、その腹の上で射精していた。

「ふざけんな！」

金切り声で叫び、女がベッドから飛び下りた。その白い腹から、惣一の放ったものがツッと流れ落ちる。

「お前らまとめて死ね！」

ワンピースを身につけ、女は寝室を飛び出していく。惣一はベッドに突っ伏し、何が面白いのか「ははっ、ははっ」と声を上げて笑った。勃起したままの肉棒を乱暴に引き抜くと「ああんっ」と甘い声をあげる。

「あなたは何を考えてるんですか！」

俯せていた惣一が顔を上げ、嘉藤を見つめた。そして勃起したまま膝立ちしていた部下ににじり寄ると、さっきまで締め上げられ、けれど達していなかったペニスにかぶせられていたゴムをむしり取った。そうしておもむろに口に含む。むしゃぶりつくという表現がぴったりなほど勢いよくそこを吸い上げる。

「んっ、んっ、くっ」

美味しそうに頬張る。熱い粘膜と舌先に翻弄されて、絶頂が見えてくる。

「……もうじき出ます」

教えても離れない。仕方なく愛撫してくる口腔に欲望を解き放った。ごくごくと喉を鳴らしてそれを飲み干し、顔を上げた惣一はぬらりと光る唇を手の甲で拭った。全身を上気させ、恍惚《こうこつ》の表情で自分を見上げる男……ざっと潮が引くように頭が冷静になる。

女はホテルであったことを父親に話すだろう。あんな男とは結婚したくないと言い出すに違いない。こちらの不手際が理由の婚約破棄となれば、坂井組からペナルティを言い渡されるのは目に見えている。自分の指程度ですめばいいが……。

惣一は股間を丸出しにしたまま、片膝を曲げた。

「あの女、脇のところに傷があった。あのでかい胸も作りものだな」

惣一のすらりとした右足が伸びて、嘉藤の股間に足の裏を押し当てた。

「そんな女でも、お前は欲情してたな」

足の裏でグイグイと押して、股間を刺激してくる。

「裸の女を見れば、男は反応します」

冷静に答えたつもりだが、惣一の表情が変わる。痛みを感じるほど強く股間を踏みつけてくる。

「アレは俺の婚約者だ。人の物に欲情するお前は、どうしようもないゲスだ」

憎々しげに言い放たれる。事実なので、否定はしない。抗ったとしても、余計に苛立たせるだけだろう。

「お前は俺に恥をかかせた」

どこで、何が、どうしてとは聞かない。

「ケジメとして、コレを切り落とせ」

踵がグリッと陰茎を押す。嘉藤はゴクリと喉を鳴らした。

「それは、ペニスを切り落とせということですか？」

「そうでなきゃケジメがつかない」

主が冷酷に言い放つ。自分の下半身に目をやった。足裏に踏まれ、ひしゃげた自分のそれが見える。雄の象徴であるそれ。最初に頭に浮かんだのは「なぜ落とさないといけない？」ということだ。意味がわからない。考えはそこから一歩も進まなかったが、なぜ嫌なのかと自身に問いかけてみた。竿なしは心情的に情けないだけで、外から見てもわからない。セックスも女も好きだが、それに執着しているわけではない。子供を残すつもりなど毛頭《もうとう》ない。結論として、あるにこしたことはないが、なくても困ることはない。

惣一が固執しているのが自分の陰茎なら、これさえなくなってしまえば、役に立たなくなれば、そういった意味での欲求や情をこちらにぶつけてくることはなくなるのではないだろうか。自分が肉棒という意味で用済みになれば、自分のボスは理性と自制を取り戻すかもしれない。

見方が変われば、すぐに結論が出た。

「わかりました」

自分から提案しておきながら、惣一は驚いた表情を見せた。

「少しお待ちください」

ベッドを下り、下着とズボンを身につけた。シャツを羽織り、部屋の出入り口へと向かう。危険物の所持は、それだけで警察に引っ張られる。手にしているだけでリスクが高い。リスクが同じなら……と、惣一の警護の時は確実に相手を殺《や》れる銃のほうを持ち歩いている。

ドアを開ける。壁にもたれて座っていた二人の部下が慌てて姿勢を正した。

「ナイフを持っていないか？」

「あ、あります」

短髪の金子《かねこ》という部下が、折りたたみ式のサバイバルナイフを差し出した。手に取ると、ずしりと重い。

「しばらく借りるぞ」

ナイフを尻ポケットに入れ、使えそうなものを見繕って寝室へ戻る。ベッドの上では、惣一が真っ裸のまま座り込んでいた。

嘉藤は寝室の床にバスタオルを敷き、その上に木製のトレイを置いた。指のような骨はないのでトレイがなくても簡単に切り落とせそうだが、痛みを長引かせるのは嫌なのでスパッと落としたい。フェイスタオルも手の届く場所に用意する。終わった後はすぐに止血しないといけない。

準備を整えてから下を脱ぎ、バスタオルの上に座った。トレイの上に陰茎を横たえ、氷の入ったビニール袋をあてる。冷え切って感覚がなくなった頃その脇にガッツとナイフを突き立てた。あとはこれを押し倒せばいい。

自分の両手は指が全て残っているが、ポカをやらかした舎弟の指は何度か落とした。フッと笑いが込み上げてくる。まさか今晩、自分の陰茎を切り落とすことになるとは思わなかった。準備が整い覚悟も決まる。嘉藤は顔を上げた。

「惣一さん、お願いできますか」

ベッドの上、落とせと命じた主人はガクガクと首を横に振る。自分だとどうしても躊躇ってしまうので、他人にしてもらったほうが確実に、時間をかけずに落とせるが仕方がない。

嘉藤は自分の、冷え切ったソレをそっと撫でた。切り落とした後も射精はできるんだろうか。扱けないので、感じるまま垂れ流しかもしれないなと思いつつ、ナイフの柄を摑んだ。自分のそれを少し伸ばすようにしてトレイの上に押しつける。

色で狂った自分のボスが、自分のコレ一つでまともになるなら、安いものかもしれない。大きく深く息をついた。そしてひと思いに押し下げようとしたその瞬間、衝撃で後ろに吹っ飛んだ。ナイフを握ったままの腕を、無意識に振り上げる。それが何かを切り裂く感触が指先に伝わった。その何かが自分ではないと気づいた時、嘉藤の全身からドッと汗が噴き出した。

「惣一さんっ」

綺麗な顔、切れ長の目尻の横からこめかみにかけて斜めに赤い線が走り、パクリと皮膚が開く。傷口から溢れる血が、涙のように惣一の頬をつたった。

震えながら嘉藤の手からナイフを奪い取り、惣一はそれを壁に向かって叩きつけた。血の涙が顎をつたい、ぽた、ぽたとくしゃくしゃになったバスタオルに染み込む。

「申し訳ありません。傷を見せてください。すぐに医者を呼びます」

頭を横に振った惣一は、猫のようにしゃがみ込んで、切り落とせと言ったそれに顔を近づけた。ナイフが掠めたのか薄く血が滲む陰茎の根本に舌を這わせ、母猫が子猫を毛繕いするかのように何度も血を舐め取った。

そうして血の止まったそれを銜え込んだ。根本まで、鼻先が陰毛に隠れるぐらい顔を近づけ、喉の奥を鳴らす。そうして肉棒で口の中をいっぱいにしたまま「エグッ」と大きく肩を震わせた。

嘉藤をしゃぶりながら、惣一は泣いていた。赤い涙を流しながら、懸命に舌を動かす。泣きながら、えずきながらしゃぶっているうちに疲れたのか、嘉藤の股間に顔を埋めたまま動かなくなった。微かに寝息が聞こえてくる。

脱力して眠る男を、ただ見下ろす。自分は間違えた。間違えたが、どこから何をどうやり直せばいいのかわからない。

自分が求めているのは、強い男。腕っ節という意味ではなく、精神的にタフで冷徹、カリスマ性のあるボスだ。無限に金を作り出す、頭のいい惣一は持っている資質は十分だった。

極端な話をすれば、男が好きでもかまわない。淫乱でも、変態でも、快楽に溺れても、自分で自分の感情と性欲をコントロールできるのなら……。

好意を持つ部下に陰茎を切り落とせと命令し、そして惣一自ら手をかけるなら、表情一つ変えずにやり遂《と》げるなら、自分は雄を奪い取られても一切後悔しなかっただろう。

切れと言った自らの発言を撤回し、こんなものを惜しみ、執着している。この男を見込んでいるからこそ、派手な男遊びも、付き合っている女を追い払われることも黙認してきた。しかし惣一はいつまでも感情的で女々しい雌犬のままだ。

股間にある髪を撫でる。それはとても柔らかかった。

「……疲れた」

知らぬ間に、口から本音が漏れ出していた。


事務所の組長室には、壁際に大きな水槽がある。この前来た時と、魚の種類が変わっている。赤、青、緑……色味が豊富な魚が多かったのに、今は薄茶色の地味な魚一種類だけだ。

「新しい魚を入れたんだよ」

嘉藤が見ていたことに気づいたようで、組長は煙草を銜えたまま水槽をコンと指で叩いた。

「ピラニアってんだけどな。名前だけならお前も知ってるだろ。面白いぞ。肉を入れたら骨まで食い尽くすんだ」

応接室にある鯉も細切れになった人肉を食らう。肉食の魚が好きなんだろう。

『事務所に顔を出せ。あぁ、お前一人でな』

組長から連絡があったのは、惣一が坂井組の娘とホテルで一悶着《ひともんちゃく》あった二日後だった。事務所に行くとそのまま組長室へ通され、ソファで向かい合って腰掛けた。

坂井組の娘と惣一の間にあったことを聞かれるだろうと思っていたが、組長は「今日は天気がいいな」とか「ここのとこ血圧が高いんだよ。女房が病院行けってうるさくてな」と普段の調子で、なかなか本題に入らない。組長室の中は防音が完璧で、外の音が一切聞こえてこない。ピラニアが水面を叩く、ピチャッという水音が響く。

「惣一のチンコを切り落としてあいつらにくれてやったら、十分もしねぇうちに食われてなくなるんだろうな」

たとえにギョッとして組長を見ると、静かな視線とぶつかった。

「男なのに、男に突っ込まれねぇとできねぇって言うんだったら、最初から女だったらよかったと思わないか」

返事ができない。沈黙の間に組長は「坂井組の娘と破談になった」と結果を告げてきた。その際、何があったのか向こうから聞いているのだろう。嘉藤はソファから立ち上がり、床の上に跪《ひざまず》くと絨毯に額を擦りつけ土下座した。

「申し訳ありません」

「何だ？」

組長の声が頭の上から聞こえる。

「今回の破談の原因は私です。指でも腕でも落とします。ケジメをつけさせてください」

「まぁ、顔を上げろ。俺がオカマ息子に女をあてがったのがそもそもの間違いだ」

「ですが……」

黙れと言わんばかりに視線で制され、続く言葉を殺される。

「俺の息子はいつからあんな、雌犬みたいになっちまったんだろうな」

ぽつんと呟く。

「惣一さんは、賢くてらっしゃいます。ですから……」

あのな、と組長はまだ長さのある煙草を灰皿に押しつけた。

「賢いっていうのは、単純に『お勉強ができる』ってことだけじゃねえだろ。あいつは金勘定は得意だが、上に立つ者としての人望がねえ。それに加えて男狂いだ。組の中には、あいつは跡目に向かねえって言う奴もいる」

ヤクザは昔ながらの男社会だ。惣一の性癖を認められない輩がいるのも無理はない。しかし男色《だん》《しょく》の組長は珍しくない。体裁《ていさい》が悪いので表向きは妻をめとり、裏で男を愛人にするなどして表沙汰にしないだけだ。惣一ももう少し控えめなら、暗黙の了解で見て見ぬふりしてもらえただろう。

「あいつは腐った桃みてえなもんだ。触ったらこっちの手まで汚れちまう。ありゃもう放っておくしかねえんだろうな」

あの人は腐ってなどいない。性欲をコントロールし、自分に固執することがなくなれば、そうすれば……。

「俺はお前がどんな男かちゃんと知っている。仕事もできて、人望もある。だからこそ敢《あ》えて言う。惣一から離れろ」

ハッと息を呑んだ。

「息子を買ってくれるのはありがたいが、一緒にいたらお前まで巻き添えを食っちまう。俺はお前がかわいいんだよ」

「ですが、惣一さんは……」

「それにな」

言葉が遮《さえぎ》られる。

「惣一はお前に惚れてんだろ」

組長の鋭い目に射抜かれ、返事ができなかった。

「あいつを見てりゃわかる。お前を見る目、ありゃ女の目だ。けどお前にゃその気はねぇんだろ。あいつがどんなクズ男を食い散らかして内から腐っていっても自業自得だが、お前は惣一の飼い殺しで終わらせるにゃ惜しいんだよ」

両手をぐっと握り締めた。

「近頃、関西のほうが騒がしくなってきてな。小競り合いも多い。誰か人をやろうと思ってたところだ。嘉藤、お前が行ってこい」

自分は本橋組の組員、駒だ。そして組長の言葉に抗う理由はなかった。

普段であれば、用が終わればすぐに惣一のもとに戻る。警護の部下を動かしているのは自分だからだ。しかし今日は惣一に外出の予定がないので、警護も家の周囲だけになっている。

「車を止めてくれ」

「ここですか？」

運転していたハチが、繁華街の入り口近くの路肩に車を止める。

「お前は先に戻れ。惣一さんに俺はどうしたかと聞かれたら、オヤジとの話が長引いてると言っておけ」

ハチは「わかりました」と頷き、車は走り去っていった。

繁華街の一つ裏に入れば、本橋組の島になる。組が経営しているキャバクラに、久々に顔を出す。嘉藤と同い年のオーナーが「久し振りですね」と近づいてきた。

プライベートなので普通の席でいいと言ったが、奥の個室へと案内される。ほどなく馴染みのキャバ嬢、沙希《さき》がやってきた。

「嘉藤さん、久し振り」

銀色のドレス姿で隣に座る。店の中では最年長で「もう崖っぷちよう」が口癖だが、性格がいいので太客をガッチリ摑んでいる。

若い女とは正直、何を話せばいいのかわからない。年増のほうが一緒にいて気が楽だ。それを知っているオーナーは、自分に若すぎる女はつけない。

「ここのとこずっとご無沙汰だったじゃない。すっごく寂しかったわ」

営業トークだとしても、耳に心地よく響く。女を抱き寄せると柔らかく、酒の匂いがした。耳許に鼻先を寄せる。甘い香水と体臭が混ざり、激しく欲情する。初《しょ》っぱなからスキンシップが濃かったせいなのか「あたし、仕事早く上がろうか?」と沙希が言い出した。ホテルに誘えば、そのままついてきそうな勢いだ。

「そういうつもりじゃないんだが」

「じゃあ何よ」

怒ったふりで突き放す。それを抱き寄せると「思わせぶりなんだから」と甘い声で制された。女が自分の頭を撫でる……優しい仕草が心地よく、癒される。やっぱり自分は疲れているのかもしれない。

「お前、女と寝たことがあるか?」

返事など期待していなかったのに、沙希は「あるわよ」とあっけらかんと答えた。「あたし、どっちでもいいの」と豊満な胸を揺らす。

「気持ちいいことなら、何でもオッケー。どっちか選べっていわれたら男のほうがいいかなあ。

だって楽ちんだもん」

沙希の手が、嘉藤の頬を軽く摘んだ。

「急にどうしたの？　組長の息子に誘われた？」

島のキャバ嬢まで知っている惣一の性癖……もうどうしようもない。

「私は見たことないけど、組長の息子ってすごく男前なんですってね。それなのにゲイで複数プレイが好きなんでしょ。そういう性癖って治るもんじゃないのよね」

慰められたくて来たのに、余計に気分が沈む。酒を一杯だけ飲んで「もう帰るの」と拗《す》ねた沙希を残して、早々に店を後にした。

夜の繁華街は、着飾った女と酒に酔った男が溢れ返っていた。涼しい風が首筋を抜ける。夏はもう終わり、死に絶えたのか蟬の声も聞こえてこない。

ヤクザの世界で、夜の世界に生きると決めた。惣一に惚れ込み、この人の下で組を支えていくと誓ったが、もしかしたら……自分に惣一は必要でも、惣一に自分は必要ないのかもしれなかった。


マンションに帰り着いたのは、午前零時過ぎ。この時間だとおそらく、まだ起きている。気分によっては最悪「男を呼べ」と言われる。

やはり惣一は寝ておらず、自室で椅子に座り本を読んでいた。

「ただいま帰りました」

入り口で報告する。「来い」と手招きされたので、部屋の中に入った。

「今まで何をしていた？」

睨みつけてくる目は険悪だ。ハチは上手く嘘をつけなかったらしい。

「組長と話を……」

言い終わらぬうちに、顔に本が飛んできた。額にあたり、ドサッと床に落ちる。

「話はとっくに終わってたんだろ。女でも抱いてきたのか！」

坂井組の娘との一件から、惣一はどんどん歯止めが利かなくなっている。以前なら、自分に女の気配を察しても、脅して金を摑ませ追い払っていた。今は気配を見つけ次第、自分が「本妻」とばかりに神経質に責め立ててくる。

「そのでかくて薄汚いものを、雌豚に突っ込んできたんだろう」

どうしてこんな風になってしまったのか。何がこの男を変えた？　三人の男たちにレイプされたからか？　元凶の三人を殺しても、惣一は壊れたまま元に戻らない。

「……男を呼べ。二人だ」

返事をしない。すると「呼べと言っているだろう！」と怒鳴り声が飛ぶ。嘉藤はゆっくりと瞬きした。

「誰も呼びません」

惣一の眉間に、ツッと険悪な皺が寄る。

「自分だけ楽しんでおいて、僕には我慢しろっていうのか」

「折り入ってお話したいことがあります」

不機嫌な表情のままじっとこちらを見つめていたが、仕方がないといった表情で惣一はため息をついた。

「……何だ。話せ」

嘉藤は小さく一呼吸した。

「私は大阪に行きます」

口を歪め「大阪？」と反芻《はんすう》する。

「向こうで組同士の小競り合いが続くので、人手がほしいそうです」

「お前でなくても、他の誰かを行かせればいいだろう」

「組長に行けと命じられました」

途端、惣一が「女だろっ」と吐き捨てた。

「向こうに女がいるんだなっ！」

嫉妬に狂う姿が無様だ。見ていることすら耐えがたい。しかしボスの醜《みにく》さをここまで引きずり出しているのは自分なのだ。

「大阪の滞在期間は決まっていません。惣一さんの警護と世話役は他の組員に交代します」

切れ長の瞳が、大きく見開かれた。

「……えっ……」

「私は組長の下に戻ります」

「お……前は僕の部下だろう」

「そうですが、その前に本橋組の組員ですので」

「駄目だっ」

惣一が首を横に振った。

「絶対に駄目だ。行かせない！」

「あとのことは信頼できる者に引き継ぎます。心配なさることはありません」

「嫌だっ！」

ボスの顔が泣きそうに歪んだ。

「だって……また……いつ襲われるか……」

「警護の面に関しては、個人的に過剰と感じる部分もありました。惣一さんが安心するならと思い従ってきましたが、そろそろ警護の体勢を考え直してもいい時期ではないかと」

「僕が殺されたら、どう責任を取るんだ！」

「今後のことは、新しい世話役とご相談ください。私がいなくなっても、何も変わりません。今まで通りです」

「そんなわけがあるかっ」

惣一はテーブルの上に置いてあったスマートフォンを手に取った。

「お前を大阪になんか行かせない。逃がすものか。僕の下で一生飼い殺しにしてやる」

電話をかけた相手は、組長のようだ。

「どうして嘉藤を大阪に行かせるなんて言ったんですか！　あいつは僕の部下です！　父さん！

……えっ、父さん！　クソッ、一方的に切るなんて卑怯《ひきょう》だ！」

スマートフォンが壁に投げつけられる。画面が割れたのか、破片が飛び散る。嘉藤は宣誓するように、自分の胸にそっと手を置いた。

「あなたのために血眼《ちまなこ》になって男を準備するのに疲れました」

振り向いた惣一が歯を食いしばる。

「今後はご自分の判断で、自由になさってください」

「あ……」

口を中途半端に開いているが、薄い唇から声は出てこない。その顔は、玩具を取り上げられてダダをこねる子供だ。

「私のことが好きですか？」

組長に「腐った桃」と言われた自分のボス、惣一の頬が震える。

「私のことが好きでも、相手にされないと何人もの男に身を任せる。あなたは不誠実で破廉恥、盛りのついた雌犬だ」

雌犬は、震えながらもまっすぐに自分を見ている。

「淫乱の変態だと、ご自分でも自覚はありますよね。それは仮の姿で、いつか全ての感情をコントロールできる時がくるのではと考えていましたが、あなたはいつまで経っても変わらない。きっとそれが本当の姿なんでしょう」

沈黙が続く。

「私は男も抱けますが、性嗜好は女性です。男同士の性行為を、あなたの無様な姿をもう見たくありません」

うなだれたまま、雌犬はピクリとも動かなくなる。

「では失礼します」

惣一が椅子から立ち上がり、突進してきた。勢いよく突き飛ばされて、嘉藤は床の上に仰向けに転がった。その上に乗り上げ、胸ぐらを摑むと殴りつけてきた。

血走った両目からボロボロと涙が零れる。

「お前なんか、死ね！」

憎しみを吐き出しながら、唇を寄せてくる。ああ、やっぱり……絶望に沈んでいく。死ねと言っても結局、殺せない。あれだけひどく罵《ののし》っても、この人は自分を好きでいるのをやめられない。

嘉藤は惣一のシャツを摑み、両脇に思い切り広げた。ボタンが飛び、平べったい男の胸が露になる。驚いて体を起こした男の、ズボンのウエストを摑んで引きずり下ろす。緩いズボンは下着ごと押し下げられ、股間が見えた。

「あ……」

惣一が小さく声を上げる。股間で垂れ下がる男の象徴は、雄としての役割を果たすことを放棄したそれは、貧相で惨《みじ》めなものとしか映らない。

「胸もなければ、ヴァギナもない。尻穴に入れろとあなたに求められるたびに、見た目も味も不味いものを差し出されて、無理に食えと言われているようでした」

硬直したままの男を自分の体からどけ、嘉藤は立ち上がった。惣一は半裸のみっともない姿のまま動かない。部下に暴言を吐かれても、殴りかかってもこないし、死ねとも言わない。傷ついているのだろうが、自分も落胆した。何もできない、中途半端な姿を見せられるぐらいなら、怒り狂ったボスに殺されたかった。

惣一の寝室を出たあと、電話でハチを呼び出した。近くにいたらしく、十分ほどで駆けつけてくる。

「……お前に頼みたいことがある。本橋組の将来にかかわる大事なことだ」

ハチは神妙な顔で「何でしょうか」と呟いた。

心酔していたボスに決別を言い渡してから一週間後、嘉藤は大阪行きの新幹線の中にいた。もう少しゆっくり引き継ぎをしてから行きたかったが、大阪の事務所が早く人を寄越せと急かしてきたので予定が早まった。

惣一の身の回りのことは、ハチに任せた。惣一の下につけている部下の中では一番使える男だし、頭がいい。警護も、自分がいなくても十分に回るようシステム化している。

座席に深くもたれて目を閉じると、浮かんでくるのはうなだれた惣一の後ろ姿。ひどい言葉を投げつけた自分を憎めばいい。自分を憎むことで、どうしようもない恋愛感情など捨て去り、冷静で非情、組を引っ張っていくだけの人望を備えた、理想の姿になるならそれが一番いい。

いつか自分は、惣一のもとに戻れるだろうか。戻りたいと思えるようになるだろうか。

……どれだけ考えても、未来には何の景色も浮かんでこなかった。

「灰の月 下」につづく

月に笑う　バレンタイン編

寝室を覗《のぞ》き込むと、中は薄暗かった。ベッドの上にはシーツが盛り上がり、こんもりとした山になっている。加納路彦《かのうみちひこ》は小さくため息をつき、中に足を踏み入れた。雪雲のせいなのか外は暗く、カーテンを開けても部屋の明るさは大して変わらない。

投げ飛ばされたであろう目覚まし時計を拾い上げ、サイドテーブルの上に戻す。ついでにエアコンも切った。朝、起きた時に寒いと可哀想《かわいそう》だと思って暖房は入れてあったが、このぬくぬくとした環境が目覚めを遅らせているのは間違いない。

「信二《しんじ》さん、信二さん……」

声をかけても「んーっ」と不機嫌な唸《うな》り声が返ってくるばかり。シーツの小山をしつこく揺さぶると、人型の小山は抵抗してモゾモゾと身悶《みもだ》える。そのうち耐え切れなくなったのかガバッと起き出した。

「うざってぇんだよ！」

ようやく山田《やまだ》信二が姿を現した。短い髪は右側から風に吹かれたような寝癖がつき、上半身は裸。下もパンツしか穿《は》いていない。昨日の夜、「何か着たら。寒くない？」と言ったのに、面倒だったのか自分にくっついてそのまま寝ていた。

「起きるって言ってんだろうが！」

威嚇《いかく》する犬の顔で怒鳴るけど、今朝は「起きる」なんて一言も聞いていない。昨日か一昨日と勘違いしている。それぐらいこの男の寝起きは悪く、自分が揺り起こすのは日常になっていた。

「もう時間ギリギリだよ。今日は朝から着ぐるみイベントに行くんでしょ。朝ご飯をちゃんと食べないと、お腹が減って動けなくなるよ」

ようやく観念したのか、痩せた体がベッドから下りた。寝癖の髪をガリガリかき、そのまま両手を上に向けて突き出す。背中を覆う刺青《いれずみ》の龍も、一緒に大きく背伸びをする。

「服を着たら、すぐリビングにおいでよ。僕も一緒にご飯を食べるから」

言い残し、寝室を後にする。ダイニングテーブルでご飯をよそっていると、山田は上下とも黒いジャージに着替えて、不機嫌な顔のまま椅子にドッカリと腰掛けた。路彦がご飯の横に温かいみそ汁を置いたら、いただきますも言わずにムシャムシャと食べ始める。

「今晩、帰りは何時頃になりそう？」

しばらく間があってから「七時」と返してくる。

「遅くなるようなら連絡してね。今日は何を食べたい？」

「カレー」

こっちの返事は早い。

「わかった。美味《おい》しいの作って待ってる」

山田の口許が、ニヤッと嬉しそうに綻《ほころ》んだ気がした。食事が終わると、食器を食洗機に突っ込んでスイッチを押し、エプロンを外した。黒いコートを着て、マフラーを巻く。通勤鞄《かばん》を脇に抱え、玄関で靴を履いていると、山田もジャージの上にモッズコートを引っかけて、腹をボリボリかきながら廊下を歩いてきた。くたびれた黒い運動靴に素足を突っ込む。

「……何だよ？」

じっと見ていたことに気づいたのか、山田が振り返った。

「今日はまだキスしてなかった」

訴えに、山田はチッと舌打ちして上を向いた。面倒くさそうなポーズを見せる男を抱き寄せてキスする。唇は柔《やわ》らかくて、冷たい。それが気になってちょっと吸う。日常の、ほんの些細なスキンシップでも、すると滅茶苦茶《めちゃくちゃ》気分が上がる。

「いってらっしゃい」

路彦は少し赤くなった山田の頬を撫でた。

「……いってらっしゃいって、お前も一緒に出るんじゃねえか」

「そうなんだけど。あと着ぐるみ着ちゃうと、周囲がよく見えなくなるでしょ。気をつけてね。怪我しないように」

喋《しゃべ》っているうちに何だか離れたくなくなる。もう一回キスしてから、山田と一緒にマンションを出た。


路彦が勤めているのは、海外に本社のある大手保険会社「バーギンズ」の日本支社だ。主な仕事は自動車保険や医療保険への勧誘だが、路彦が所属しているのは商品開発部で、海外の保険を日本で使いやすく、売りやすい形にアレンジするプロジェクトチームに参加している。直接販売にかかわる営業部や小売店になると従業員は日本人だが、商品開発部は二十五人中九人が外国人になる。

六年前、日本に進出してきたバーギンズはオフィスビルも新しく、席は個人ブースになっている。商品開発部がある七階のフロア、オフィスに入り同僚に挨拶しながらデスクへ向かっていると「加納君」と呼び止められた。先輩の橋詰美智《はしづめみち》が近づいてくる。二十四歳の路彦よりも二つ年上で、入社一年目の時の教育係。怒ると怖いが、美人でさっぱりした性格の女性だ。

「はい、これ」

橋詰は紙袋を三つ、目の前に差し出してきた。

「何ですか？」

「バレンタインのチョコ。営業の女の子三人から」

「えっ、困ります」

路彦は右手を左右に振った。

「僕、付き合っている人がいますし」

橋詰は「わかってるわよ」と、眉を顰《ひそ》め、腰に手をあてた。

「私もその子たちに言ったのよ。加納は彼女持ちよって。それでもいいからあなたに渡したいんだって。気持ちだけでももらってやってくれない。っていうか、お願い、もらって。でないと私が困るの」

強引に袋を押しつけられた。困ったな……と思いつつ個人ブースに入ると、デスクの上に可愛い紙袋や小箱が五、六個置かれていてギョッとした。もしかしなくてもバレンタインチョコだ。

義理チョコもそうでないものも、直接渡してくれたならその場で断れるのに、人を介したり、勝手に置いていかれるので困る。本人のところまでは返しに行きづらいからだ。人目があるし、相手に変に恥をかかせることになりかねない。

チョコたちを自社のマークの入った大きめの紙袋に纏《まと》める。去年もチョコをたくさんもらった。今年は彼女持ちだと堂々と公表したので、バレンタインデーなんてイベントは関係ないだろうと思っていたのに甘かった。これ、家には持って帰りたくない。けど捨てるのも気が引ける。山田は自分が女の子からもらったチョコでも、気にせずバクバク食べそうだけども。あと二年で三十になる恋人は、未だお菓子に目がない。

それともチョコを見て「路彦はこんなにもてるのか」と、少しは嫉妬《しっと》してくれるだろうか？そんな顔なら見てみたい。嫉妬されたい。

去年の夏から、四歳年上で元ヤクザの山田信二と同棲を始めた。出会ったのは自分が中学二年生、山田が十八歳の時で、同級生のリンチに遭《あ》っていたのを助けてもらってからの付き合いだ。あの頃は苛《いじ》めが苛烈《かれつ》で、友達なんて一人もおらず、学校に行くのが苦痛だった。授業中はまだましで、仲良く群れている同級生を横目に、自分が一人ぼっちだと実感させられる休み時間と昼休みがこの世から消えてなくなればいいのにと思っていた。

今になってみれば、暗い性格ではっきりものを言わず、そのくせしつこかった子供の自分と誰も仲良くなりたいと思わないだろうなと推測できるが、あの時期はそういうことを客観視するだけの視野の広さがなかった。

何もわからない状態でも、自我はあるし、子供なりの世界がある。そして世界の大部分を占める学校に馴染《なじ》めなかった自分は、孤独だった。親は保護者であっても、理解者ではない。あの頃の自分には、あの頃の自分に合った理解者が必要だった。

山田が理解者だったかといえばそれも微妙だが、同じ視線で話のできる相手だったし、多少乱暴でも優しかった。中学生を真面目《まじめ》に遊び相手にしていた山田は、ヤクザだけど本物の悪党ではなかった。粋《いき》がっているくせに寂しがりで、からかいながらも可愛がってくれる山田に、自分は心底懐いた。山田のおかげで、あの暗い思春期を抜けられた。

中学の時からエッチな山田に触りっこは教えられて、それが高校……大学まで続いた。いつから恋愛対象として好きになったかはわからない。ただ高校の時には、この男とだったら寝てもいいと思っていたし、大学の時にははっきり欲している自覚があった。

友達以上、恋人未満の関係が長く続き……ちゃんと恋人同士だと胸を張って言えるようになったのは去年の春。山田がヤクザをやめ、銃刀法違反で服役していた刑務所を出てきてからだ。好きな人と一緒にいて、自分の作ったものを美味しそうに食べるのを見て、同じベッドで眠る。山田にくっついてウトウトしながら、幸せだなと思う。こんなに好きな人と暮らせる自分は、世界で一番幸せだなと。

山田が本橋《もとはし》組のヤクザだった頃は、気が気じゃなかった。捕まりそうな危ないこともしていたし、命も狙われていた。もうヤクザは辞めたから、そんな心配もない。自分は明日の晩ご飯のメニューにだけ頭を悩ませていればいい。

……山田の背中には、今でもヤクザ時代の名残《なごり》の龍が住んでいる。一緒に温泉へ行くと、大浴場では決まって入浴を拒否される。入れ墨なんていかにもヤクザの証《あかし》みたいで最初は嫌だったけど、今は好きだ。あの龍のラインに沿って舌を這わせると、わかるみたいで「やめろ」って言う。その感じている顔がものすごく色っぽい。

椅子に座ったまま山田の痴態《ちたい》を妄想していた煩悩《ぼんのう》の塊の耳に、爽《さわ》やかに始業を知らせる音楽が聞こえてきた。

午後五時、路彦は早々に会社をあとにした。社では残業を禁止していて、自分の仕事が終われば、定時より早く帰ってもいい。四時に仕事は終わっていたものの、まだ二年目なので先輩を差し置いて帰るのも気が引けて、明日の準備をしながら五時を待った。

ちょっとだけ寄り道をし、買い物をすませてマンションに戻る。エレベーターの中は暖かくてホッとする。昨日の夜に降った雪は昼過ぎには全部溶けてしまったが、陽が落ちると寒い。チラッと腕時計を見ると、もう六時を過ぎている。山田が帰ってくるのが七時なら、急いで準備してもカレーを煮込むのに少し時間が足りない。やっぱり圧力鍋を買おうかなと思っているうちに、エレベーターが部屋のある十五階に着いた。

ドアを開けて、玄関が明るいことに「んっ？」と首を傾げた。見慣れた黒い運動靴が足元で横倒しになり、廊下の向こうからはテレビの音声が漏れ聞こえてくる。

慌てて靴を脱ぎ、家に上がる。リビングを覗き込むと、山田はソファの上でリラックスした猫のように伸び切ってテレビを観ていた。

「ただいま」

山田がチラリと顔を傾けて「おかえり」と素《そ》っ気《け》なく返してくる。

「今日は早かったんだね」

「……まぁな」

「ご飯、七時ぐらいになると思う」

「別に何時でもかまわねえよ」

路彦は食材の入ったビニール袋を手にしたまま、リビングに続いているキッチンへと入っていこうとして……カウンターテーブルに無造作に置かれてあるそれに気づいた。

手のひらに載るぐらい小さな長方形の茶色い箱で、水色のリボンがかけられている。路彦は右から左から、その箱を覗き込んだ。これはバレンタインデーのチョコレートだろうか。もしかして山田が自分のために買ってきてくれたんだろうか。

「あの、信二さん」

勢い込んで声をかけると、山田がソファの背から顔だけ出してこっちを見た。

「この茶色い箱って……」

「それ、俺んだから」

路彦は「あ……そう……なんだ」とモゴモゴ呟《つぶや》いた。山田は「須田《すだ》まごころサービス」という何でも屋で働いている。イベントの手伝いから夜逃げまで、犯罪にならなければ何でも請け負う。社長と従業員合わせて計五人の小さな会社は力仕事が多く、従業員の中に女の人はいないと聞いている。

そういう職場なので、山田がチョコをもらって帰ってくるなんて想像もしなかった。一緒に暮らすようになってから、女の人の話は……それが知り合いにしろ友達にしろ、聞いたことはない。

「これってバレンタインデーのチョコだよね。誰からもらったの？」

さり気なさを装って聞いてみる。山田はこちらを見ないまま「誰だっていいだろ」と苛《いら》ついた声を飛ばしてきた。

「教えてくれても……いいんじゃないかと思うけど」

するとソファからむくりと起き上がり「お前はしつこいんだよ！」と驚くほど大きな声で怒鳴りつけてきた。それ以上は追及できなかったけれど、怒られたことで疑惑がムクムクと膨《ふく》らんでいく。何とも思っていなかったら、どこの誰からもらったチョコだとあっさり言えるんじゃないだろうか。言わないのは、後ろめたいことがあるからじゃ……悶々《もんもん》としたまま野菜を刻み、疑惑が詰まったカレーを作る。

夕飯ができるのを待っている間に山田の機嫌は直ったらしく「お前、これマジ美味いぞ」とシーフードカレーを山盛りでおかわりした。

寝る時も、本を読んでいる路彦の隣にぴったりとくっついてきた。してもしなくてもくっついて眠る。昨日と同じ。そういうスキンシップは変わらないので、浮気ではないだろうと思いつつ気になって仕方がない……。

今でこそ出勤も着古したジャージで、髪型も寝癖そのままと適当だけど、ちゃんとしたらかっこいい。背は低めでも、顔は小さくて整っている。これで優しくて寂しがりだと知ったら、女の人はきっと放っておかない。

たかがチョコ一つで嫌な妄想が広がる。意識するなと自分に言い聞かせても、やっぱりあれこれ考えてしまう。ただここで「あのチョコ、誰にもらったの?」としつこく聞こうものなら、また機嫌が悪くなるのが目に見えている。

「……バレンタインのチョコ、僕も会社でもらったよ」

攻略法を変えてみるも「へーえ」と緩慢《かんまん》な相槌《あいづち》を打つだけで、興味なさそうだ。

「数えてみたら、十六個あった」

本当は十二個だが、微妙に水増しする。山田は肘を突いて半身を起こし、右目を不機嫌な形に細めた。

「……自分のほうがもてるって言いたいのかよ」

「えっ、違うよ」

脇腹をガッと殴られて、路彦は「痛っ」と叫んだ。

「そうじゃねえかよ。少しぐらい背が高くて顔がいいからって調子乗ってんじゃねえ」

山田がベッドを出ていく気配に、慌てて細腰にしがみついた。

「離せっ」

腕の中で恋人が暴れる。

「調子に乗ってない。ごめん。……その、十六個ももらってない。嘘だから。本当は一個もなくて……」

動きが止まった。しがみついた腰をベッドの中央まで引きずっても抗《あらが》わない。向かい合わせにして抱き締めると、耳許で「つまんねえ嘘つくんじゃねえ」と文句を吐かれた。この際、事実はどうでもいい。

「ごめん。もてない男は、信二さんも嫌かなと思って……」

もらった十二個は、マンションに帰る途中で親友の森《もり》の働いているモーターショップへ行き、全部あげてきた。信二さんには内緒だよ、と口止めして。

山田の右手が伸びてきて、耳を摑んでくる。上向きに引っ張られて「痛いよ」と訴えると、自分を見上げる目が笑っていた。

「お前、チンコの皮までむいてやった俺様に見栄張ったって仕方ねえだろ」

頭の隅に隠していた記憶を引っ張り出されて、顔が熱くなる。この歳になってそれを持ち出すのは反則だ。

「あっ、あれは信二さんが勝手に……」

「人のせいにすんなよ。チン彦」

昔、山田は自分をからかう際、よくそう呼んでいた。最初に会った時、苛められてズボンを脱がされ、下半身ヌードだったことが強く印象に残っているのだ。

「ソレで呼ばないでよ」

「何だよ、見栄っ張りのチン野郎が」

嫌がるのを知ってからかっている。意地の悪い唇がまた「チ……」と言いかけたのを察して、キスで封じ込めた。唇を離すと、また何か言いそうになる。何度もキスを繰り返しているうちに、言葉を塞ぐ目的が別のものにすり替わっていった。

唾液が絡まる甘いやり取りが、寝室に響く。舌が痺れるぐらいキスした後、路彦は左手でサイドテーブルを探ってリモコンを手に取り、室温を四度上げた。そして恋人のスウェットの裾から指先を滑り込ませたら、なぜかその手を摑まれた。

「あ……今日は駄目?」

伺《うかが》いを立てると、山田は濡れた厭《いや》らしい目をしていた。

「手加減しなくていいぜ。どうせ明日は休みだ」

……喉が、我知らずゴクリと鳴った。


翌日、路彦は八時に起きた。土曜日だし、昼まで恋人とベッドでゴロゴロしていたかったけど、外が久し振りに晴れていたので、この機会に洗濯と掃除をすませておこうとラブタイムの誘惑を断ち切った。

休みの日だと、山田が起きてくるのは昼過ぎ。朝は食べない。路彦は食パン一枚だけの簡単な朝食をすませた後、脱衣所に向かった。ランドリーボックスの中にある洗濯物を、色柄物と白に分けていく。山田が昨日着ていたジャージも無造作に突っ込まれていたので、引っ張り出した。奴の服は要注意だ。レシートや小銭がポケットの中に入ったままのことがある。中をチェックすると案の定、水色の紙切れが出てきた。いや、違う。名刺サイズの小さな封筒だ。

表には「山田様」と書かれてある。脳裏に、水色リボンのチョコがパッと浮かぶ。昨日、情熱的に愛し合ってすっかり忘れていたのに、また思い出した。

この手紙を書いたのは、あのチョコの贈り主じゃないだろうか。どうしよう……と迷ったけれど、見るのを止められなかった。ただの知り合いみたいな内容だったら、それはそれでいい。

脱衣所から廊下を覗き込み、山田が起きてきていないことを確かめて封筒を開けた。中からメッセージカードが出てくる。

『恋人がいるって知ってるけど、受け取ってください。私の気持ちです。　紗英《さえ》』

短い文章の中に、たくさんの情報がある。相手の女性に、山田は恋人がいると伝えている。それを知りながら、女性は山田にこれを渡し、山田も受け取ったということ。

この手紙を書いた女性は、山田のことが好きなのだ。何とも思っていないなら「恋人が……」なんて改めて入れることはない。

山田は「恋人がいる」と牽制《けんせい》しているのだから、浮気じゃない。好意のある相手からのチョコを受け取ったことぐらい、ノーカウントで忘れてしまえばいい。

路彦はメッセージカードを封筒の中にしまった。そして元通りジャージのポケットに戻して洗濯機のスタートボタンを押す。あの紙切れは、最初から水に濡れてぐしゃぐしゃになる運命だった。きっとそうだ。

チョコと手紙を頭の中から追い出してリビングに掃除機をかける。こんな時に限ってテーブルに山田のスマートフォンが置きっぱなしにされているのを見つけてしまった。

いつもその辺に放り出すので行方不明になり、家の中で捜索隊を出すのもしばしば。「音がしたらわかんだろ」と電話をかけさせられたのも一度や二度じゃない。

路彦は掃除機を止め、恋人のスマートフォンを手に取った。そしてキッチンに逃げ込む。そこならリビングに山田が入ってきても死角になる。

スマートフォンの暗証番号は知っている。恋人である自分の誕生日だ。駄目だと思いつつ、覗き見するのを止められない。メールの差出人の中にある「紗英」の名前に、胸がズクリと疼《うず》いた。

紗英からメールが来るようになったのは、二ヶ月前。毎日のようにメールは届き『話を聞いてください』とか『会いたいです』と書かれてある。一番新しいメールは昨日で『遊園地の外で待ってます』だった。

浮気……かどうかわからない。山田の返事が素っ気なかったからだ。けど会ったこともあるようなので、まんざらでもないのかもしれない。

山田と紗英のやり取りのメールを全て読み、スマートフォンを閉じた。何年も好きで、ずっと好きで、やっと一緒に暮らせるようになったのに、今更他の人に持っていかれたくない。しかも相手は女の人だ。自分はどう頑張ったって山田が好きな巨乳にはなれないし、子供だって産めない。それを承知で山田は自分と付き合っているはずだけど……。

体がウズウズする。今すぐ寝室に飛び込んで「紗英って誰！」と問い詰めたい。本当にそれをやったら「勝手に人のメールを見るんじゃねえ」と逆上されるに決まっている。

悶々としたまま掃除と洗濯を終えた十時頃、珍しく山田が起きてきた。洗面所に行って髭《ひげ》を剃《そ》る。いつもと違うな……と思っていると、ジーンズにブルゾンと山田なりの外出着に着替えた。寝癖もちゃんと直している。

「昼、いらねえから」

山田はリビングに置きっぱなしだったスマートフォンを手に取り、ブルゾンの中に突っ込んだ。

「どこ行くの！」

自分でも耳障《みみざわ》りなほど声が尖る。山田は口許を歪め、露骨《ろこつ》に眉を顰めた。

「何、セーリ前の女みてぇにカリカリしてんだよ」

女、と言われて余計に頭がカッと熱くなった。

「どこに行くのか、僕にちゃんと教えてよ」

「うっせぇなあ！　俺がどこで何しようが、お前にゃ関係ないだろ」

吐き捨て、山田はマンションを出ていった。しばらくその場に立ちつくす。家にいたって悶々とするだけ。我慢できなくなり、路彦もコートを引っかけ、財布と鍵、スマートフォンを鷲掴《わしづか》みにして部屋を飛び出した。どこに行くのか問いただしても、また怒られるだけ。それなら自分の目で、山田がどこに行くのか確かめる。

マンションの近くにある公園の前で、山田の背中を見つけた。道路を右に曲がって、ノロノロ歩いていく。気づかれないよう、距離を取ってあとをつけた。

向かいから風が吹いてきて、思わずコートの前をかき合わせた。前を歩いている山田も肩を竦《すく》める。青いブルゾン、短い髪……そしてむき出しの首筋。髪の色が黄色から黒になっただけで、後ろ姿は、知り合った頃とまるきり同じだ。

中学生の頃、よくあの背中の後について歩いた。まだ山田も十代で、子供と言ってもよかったかもしれない。けどもっと子供だった自分には、すごく大人に見えた。今は自分のほうが視線が高くなり、山田が少しだけ小さくなったように感じる。

青いブルゾンは地下鉄の駅に入り、電車に乗った。車両を変えて乗り込み、連結部分に隠れて様子を窺《うかが》う。三駅目で降りた山田は、地上に出てすぐ右手にあるハンバーガーのファーストフード店に入った。大きな店舗ではないので、入ったら絶対にばれる。幸い山田は窓際に陣取《じんど》ったので、外からでも姿が見えた。

道路を挟んで斜め向かいにある飲食店が入ったビルの手前で、スマートフォンを見ているふりをしながら窓際の恋人をチラチラと眺めた。

山田が店に入って五分ほど経《た》った頃だろうか、向かいに女が腰掛けた。顔はよく見えないが、髪が長いのはわかる。あれがスマートフォンに何度も『会いたい』とメールを送ってきて、恋人がいると知りつつチョコを渡した「紗英」だろうか。

山田と女はハンバーガーを食べながら、何か喋っている。そんな状態が一時間ほど続き、ただ黙って見ているのが我慢できなくなって山田にメールを送った。

『さっきはごめんなさい。晩ご飯までには帰ってくる？』

怒りを押し殺してしおらしいメールを送る。短いタイムラグの後、山田がスマートフォンを取り出すのが窓越しに見えた。そして三分もしないうちに、路彦の手の中でスマートフォンがブルッと震えた。

『一時には帰る』

拍子抜《ひょうしぬ》けする。あの女とデートをするなら、帰りはてっきり夕方か夜とレスが来ると思っていた。十二時半を過ぎると、山田は店を出て地下鉄の駅へ入っていった。電車の乗車時間と歩く時間を考えたら、寄り道しなければちょうど一時の帰宅になる。

女は山田が出ていった後も店に残っている。昼に食事をしただけなら、ただの友達かもしれない。デートと位置づけるには、ファーストフード店での一時間半の逢瀬《おうせ》は色気がなかった。

女と会っているのを確かめたところで、山田に「あの女の人は誰」と聞けない。ストーカーっぽくあとをつけていたと知られたくない。自分が陰湿でしつこい性格だと山田は知っているから、驚かないかもしれないけど確実に呆《あき》れるだろう。いや、下手したら大喧嘩《おおげんか》になる。

とはいえここまで来たなら、もっとちゃんと女の顔を見ておきたい。山田との関係を知りたい。

意を決して店の中に入った。コーヒーだけ買って、喫煙エリアに座っているその人に近づく。

遠目に見た時から嫌な予感はしていたが、的中する。その人は山田と同じぐらいの歳で、とても美人。おまけに胸が大きかった。最悪だ。

どう足掻《あが》いても太刀打《たちう》ちできない豊かな胸。敗北感を噛み締めつつ立ち尽くしていると、女のほうから「私に何か用？」と声をかけてきた。顔を見すぎていたかもしれない。

店に入るまでは戦闘態勢だったのに、いざ面と向かうと口が鉛《なまり》みたいに重たい。女は長いストレートの髪をかき上げた。

「ナンパなら、他をあたってね」

初対面の男に見つめられたら、普通はそう思うだろう。

「……あなた、紗英さんですか？」

女が「はっ？」と鼻から抜けるような声を上げる。

「間違ったふりをして、私の名前を聞き出そうとしてる？」

「あ、いや……違います。僕は信二さんの知り合いで、紗英さんのことを知りたくて……」

女は首を傾げた。

「あいつならさっきまでここにいたわよ。もう帰っちゃったけど」

「それは、その……見てました。あなたに聞きたいことがあって……」

背中にドンと何かぶつかった。大学生ぐらいの男だ。通路に突っ立ってて邪魔だ、死ねぐらいの勢いで睨まれる。

「とりあえず、座る？」

女に促《うなが》され、二人席の向かい側……さっきまで山田が座っていた椅子に腰掛けた。

「あんた、誰なのよ？」

女に聞くつもりが、逆に質問される。

「……加納路彦です」

何か偉そうな名前～と女がテーブルに肘を突き、指先を組み合わせた。爪が凶器のように赤くて長い。半円形に並べられた宝石みたいな石がキラキラと光っている。

「育ちもよさそう。着てるものも普通だし、山田の知り合いっていっても、ちょっと種類が違う感じ」

路彦の顔をまじまじと覗き込む。女の、胸だけじゃない全身から醸《かも》し出される妙な迫力に圧倒されつつ、聞いてみた。

「あの、あなたと信二さんの関係は……」

「関係って……あっ、もしかしてあんた刑事？　まさかあいつ、ヤバイことに足突っ込んでんじゃないわよね」

女の顔色が変わる。慌てて首を横に振った。

「違います。僕は信二さんが地方にいた時から仲がよくて、今はこっちで同居してるんです」

ハチドリみたいに高速な瞬きをした後、女は弾けるように笑い出した。

「あっ、あの……」

周囲からも「何だ？」の雰囲気を匂わせる視線が集まってきて、路彦は一人赤面した。

「どっ、どうして笑うんですか」

女は肩を震わせながら「だって」と呟いた。

「……これって、ゲイの浮気調査でしょ」

その通りの指摘に、路彦は言い訳のしようもないほど頬を強張らせた。一緒に住んでいると言っただけで、なぜゲイと断定されたのかもわからない。

「あいつ、こっちに越してきてから男の友達と住んでるって言ってたけど、何度聞いても名前を教えてくれないから、ずっと怪しいと思ってたのよね。けどあいつ、ゲイっぽいところがないから確信が持てなくて」

女はテーブルの上に身を乗り出し、声を潜《ひそ》めた。

「あんたたち、そういう関係なんでしょ」

言質《げんち》を取ろうとする女に「それは……」と言葉を濁す。「はっきり返事をしないと、何も教えてあげないわよ！」と脅迫され、頷かざるをえなかった。

「山田がゲイなのも意外だけど、相手があなたみたいなかっこいい子だったのも驚き。あーもったいない。男じゃなくて、女にしとけば？　あぁ、それこそ余計なお世話ね」

ズバズバとストレートな言葉を浴びせられて、何も言えない。

「あたしと山田の間には何にもないから安心していいわよ。ってかあいつタイプじゃないんだ。昔からの知り合いってことで、たまに仕事を紹介してるだけ」

「仕事……ですか？」

女はテーブルの脇に置いてあったシガレットケースから煙草を取り出し、火をつけた。吐き出された煙は、甘い匂いがする。

「あたし、前に女王様やってたから、お水系の知り合いが多いのよ。そういう子って客や男関係でトラブルになるパターンがけっこういてね。ほら、あの子って元ヤクザじゃない。ハッタリが利《き》くから、面倒な男を追い払うのにちょうどいいのよ。DVの恋人から着の身着のまま逃げてきた子がいて、その子のアパートの荷物を取ってきてほしいって依頼で、さっき鍵を渡したの。カタギの引っ越し業者だと難癖《なんくせ》つけられたり、依頼人の家までついてきちゃったりするけど、元ヤクザに睨まれたら大抵の男はビビるから」

この人は嘘をついていないし、浮気相手でもない。確信した途端《とたん》、余計に胸の中がモヤモヤしてきた。じゃあメールの「紗英」はいったいどこの誰なんだろう。

「加納君って、けっこう嫉妬深いほう？」

女の呟きに、背中がビクンと震える。

「山田が女と会うたびに疑ってたら、自分が疲れるわよ。心配しなくたって、あいつは大丈夫なんじゃない？　隠れて浮気する器用なタイプじゃないし」

わかってる。わかってるから……山田が紗英とメールのやり取りを続ける、その意図がわからない。付き合えないなら、断って相手にしなければいいのに。

「……信二さん、紗英って人とずっとメールでやり取りをしてるんです」

「友達なんじゃないの？」

「信二さんは相手にしてないけど、紗英って子は信二さんのことが好きってわかるから……」

女はため息をつくと「サエってどんな字？」と聞いてきた。スマートフォンのメモ欄に漢字を打って見せたが「知らないわ」と肩を竦めた。

「紗也《さや》って子になら、山田に仕事を紹介したことあるけど。あれは夜逃げ……じゃなくて引っ越しだったわね。まぁ、夜逃げも同然か」

女が、チラッと腕時計を覗き込んだ。

「そろそろ出るわ。これから彼氏とデートなの」

路彦も席を立つ。女は横に並ぶと「あんた、背が高いわね」と見上げてきた。女もピンヒールのブーツなので、十センチも身長差はない。

「もっと自分に自信を持ったら？　あとをつけてまで浮気調査なんてやめなさいよ、かっこ悪い。男前が二割減よ」

耳に痛い教訓を残した女は、横断歩道の途中で走り出した。渡った先には、やたらと体格のいい男がいて、二人は手を繋いで歩いていった。


地下鉄の駅を出ると、雪が降っていた。路彦は駅とマンションのちょうど間にあるコンビニに寄って、山田が好きなお菓子をいくつか手に取った。あからさまなご機嫌取り。それでも何もないよりましだろう。昔、自分が拗《す》ねると山田はいつもお菓子を買ってきてくれた。その気持ちが今すごくよくわかる。

「……自分に自信を持ったら、か」

女の言葉が頭の中をグルグル回る。根本はそこなのかもしれない。他の人間なんか目に入らないほど、ずっと好きでいさせる自信があったら、浮気の萌芽《ほうが》ぐらいでこんなにピリピリしたりしないんだろう。

高校生の終わり頃から「背が高い」とか「かっこいい」とか言われ始めた。自分の中身は変わらないのに、急に女の子からもてるようになった。騒がれているのは外見だけだとわかっていたから、馬鹿みたいだと思ってた。

結局、外見ほど自分の中身は成長していない。仕事もしているし、社会人としての務めはそれなりに果たしているのに、孤独で寂しかった休み時間のあの感覚が心のどこかに残っていて、抜けない。

レジは一ヶ所にしか店員がいなかったので、路彦は高校生ぐらいの女の子の後ろに並んだ。

「あの……」

女の子がコンビニ店員に話しかけた。

「ここの近くに、『グランドマンション』ってありませんか？」

二十歳前後だろうか、男の店員はチラリと路彦を見て「あーすんません。バイトでこっちに来てるだけで、よく知らないんでー」と間延《まの》びした声で返事をした。

「あ、そう……ですか」

「交番で聞いたらどうっすかね。あと後ろにお客さんがいるんで、すんません」

女の子は慌てて振り返り、路彦に「ごめんなさい」と謝ってレジを離れ店を出ていった。特に急いでいたわけでもないし、店員と共謀《きょうぼう》して追い出してしまったようできまり悪かった。

店を出ると、コンビニの壁際に女の子がもたれて立っていた。ニットのワンピースの上に白いダウンジャケット、足元はベージュ色のブーツ。薄い色味のせいか、薄汚れているのが目につく。髪は胸許辺りまであり、頬は寒さのせいか、ほんのりと赤い。化粧はしていない。目は大きいけれど、痩せ過ぎてではつらつとした印象はない。おとなしそうな子だった。

目が合うと、その子は「ごめんなさい」ともう一度謝ってきた。

「あ、いや……気にしてないから」

するとその子はタタッと駆け寄ってきた。

「あの、この近くの人ですか？」

「うん」

頷く。その子は「ここから近い交番を教えてください」とペコリと頭を下げた。

「グランドマンションに行くの？」

女の子の大きな目が、驚いたように見開かれた。

「コンビニで話してたの、聞こえたから。僕、そこに住んでるんだ。案内しようか？」

女の子の表情が、パッと明るくなって「ありがとうございます」とニコッと微笑んだ。その子と並んで歩き出す。雪は少しずつ強くなってきて、風も出てきたのか斜めに吹きつけてくる。高校生ぐらいの女の子と何を話せばいいのかわからないから黙って歩く。けれど沈黙が居たたまれなくなってきて、口を開いた。

「友達のところに遊びに行くの？」

女の子は首を横に振る。

「じゃあ親戚？」

それも違う。何だろうと気になるものの、深くは追及しなかった。言いたくないのかもしれないし、道を聞いてきたこの子が、誰に会おうと自分には関係なかった。

「この辺、道が入り組んでて細い路地が多いから、わかりにくいんだよ。もし次もわからなかったら、その時は知り合いの人に連絡して迎えに来てもらえばいいよ」

返事はない。無視されている。余計なお節介だったかなと思っていると、女の子が不意に立ち止まった。大きな目からポロッと涙が零《こぼ》れ落ちて、ギョッとする。

「えっ、どうしたの？」

両目からポロポロと涙が溢《あふ》れ出す。

「ごめん、僕……何か嫌なこと言った？」

女の子は泣き続けるばかり。困り果てて、とりあえずマンションの近くにある公園に連れていき、ベンチに座らせた。泣きながらの訪問よりも、気持ちを落ち着けてから知り合いのところに行ったほうがいいだろう。ただ雪の降る公園はひどく寒くて、自動販売機で温かい紅茶を買って女の子に手渡した。

「スマホ、もう使えないと思ったら、悲しくなった……」

女の子は小さく鼻をすすり上げる。聞けば、お金が払えなくてスマートフォンが止められたという。家に借金があり、これから先も通話料金を払えるあてはないとのことだった。

これぐらいの歳でスマートフォンがないのは辛《つら》い。友達と連絡が取れなくなる。スマートフォンというツールがなくなって、人との関わりが希薄《きはく》になることを恐れ、その子が泣き出しても無理はない。

「連絡してないから、部屋にいないかもしれない」

女の子は路彦が買った紅茶のペットボトルを開けず、ずっと両手で握り締めている。

「とりあえず行くだけ行ってみれば？」

マンションは目と鼻の先にある。路彦が勧めても、その子は力なく首を横に振った。

「……だって、マンションの名前しか知らない」

「えっ？」

「部屋番号がわからない。教えてくれなくて……」

自分たちの住んでいるあのマンションは、郵便受けに名前の表札を出さない。部屋番号がわからなければ、二十五階まであるマンションの部屋を片っ端からノックしていくことになる。そんなの迷惑だし、留守をしている可能性だってある。

自分が無茶をしている、無謀だというのは女の子のほうがよくわかっているんだろう。

「会いたい」

女の子が両手で顔を覆った。

「会いたい、会いたい……会いたいよう」

目の前で泣かれても、可哀想だと思っても、自分には何もできない。

「……山田さんに会いたい」

路彦は俯《うつむ》いて泣いている女の子の髪に降り積もってゆく雪を、じっと見つめた。

「……君、紗英ちゃん？」

女の子は顔を上げ「どうして、名前……」と真っ赤な目をして呟いた。


山田が帰ってきたのは、五時過ぎだった。玄関のドアが乱暴に閉められる音がしたのに、足音はリビングに入ってこない。

路彦は夕飯作りを中断して、寝室に入る。ベッドの中、山田はシーツにくるまって丸くなっていた。ベッドの端に腰を下ろし、路彦は丸まったシーツに話しかけた。

「紗英ちゃんと、どんな話をしたの？」

お前には関係ない……と布越しにくぐもった声が聞こえる。

「関係ないけど、気になる」

「ごちゃごちゃうるさいんだよっ、黙れ！」

路彦は強引にシーツを剝《は》ぎ取った。ジーンズにブルゾン姿で、猫みたいに丸くなった山田がこっちを睨みつけている。

「僕たち、付き合ってるんだよ」

路彦はゆっくりと念を押した。

「信二さんを好きだっていう女の子が家まで来て、気にならないわけがないじゃないか」

山田は丸くなったまま、右足で路彦の腰を蹴った。容赦がないので痛い。

「あいつとはやってねえって言えば満足か。お前が気にしてんのはどうせソコんとこだろうが!」

「それもあるけど……そうじゃなくて、どうしてあの子と何回も会うんだよ。好かれてるってわかってるなら、期待させるほうが可哀想じゃないか」

「俺がいつ誰と会おうが、お前にゃ関係ねえ!」

「関係ある。僕が気になる。付き合ってるって、恋人だって自覚があるなら、僕が不安にならないよう説明する義務が信二さんにはある」

「義務って何だよ! 誰がんなこと決めたっ」

話す気はなさそうだけど、どうしても言わせたい。いつもは睦《むつ》み合うベッドの上で、互いに一歩も譲《ゆず》らずに向かい合う。

「信二さんは紗英ちゃんのほうがいいの? 僕と別れて、あの子と付き合うの?」

山田の表情が、氷水につけ込んだみたいに強張った。

「別に……俺は……」

威勢のよかった口許で、言葉がまごつく。山田の気持ちは知っているのに、更に追いつめた。

「いいよ、別れたって。それなら言ってよ。お前は男だから嫌だって、他に好きな人ができたから、僕と別れるってちゃんと言いなよ!」

山田が枕を鷲掴みにし、路彦を激しく殴りつけてきた。

「そんなに嫌なら、俺を公園に行かせなきゃよかったじゃないか！」

路彦は枕を奪い取って、床に投げた。

「だってあの子が信二さんに会いたいって泣くんだ」

「ほら見ろ！　お前だってそうじゃないか」

山田は路彦を指さした。

「お前だって、紗英を放っておけなかったじゃねえか！」

怒っている山田の目が、赤くなって……潤む。

「俺が放っておけなくても、仕方ねえじゃねえか！」

……責めているつもりが、いつの間にか自分のほうが責められていた。


紗英は、山田が夜逃げ同然の引っ越しを手伝った町工場の社長の次女だった。ファーストフード店で会った女の人が紹介した仕事で、あの時話に出ていた名前……紗也は紗英の姉だった。

借金で首が回らなくなった紗英の両親は、工場を手放して狭いアパートに越した。紗英は独立している姉の家に身を寄せているが、姉も稼ぎの殆《ほとん》どを借金の返済にあてているので、金銭的余裕がない。紗英も高校を中退し、先月から働いていた。

「……引っ越しん時も、そんなに話をしたわけじゃねえんだよ。俺だって仕事で行ったわけだし、荷物運ぶのに忙しかったからな。ただ紗英の顔が暗いのがずっと気になってたんだ。まぁ、親の借金のせいで高校やめて働くんだから、明るくしてろってほうが無理な話だけどさ」

山田はベッドの上、壁にもたれて座り込み、足の裏でシーツを擦った。

「あいつが一人の時に……俺みたいなどうしようもない元ヤクザでもどうにかなんだから、お前も大丈夫だって言ってやったんだよ。そしたら泣き出してさ。引っ越したくないとか、学校やめたくないとか……あれこれ溜まってたんだろうな」

路彦は山田と同じ体勢で、肩を寄せ合うようにして隣に座っている。

「話を聞いてほしいって言うからメルアド教えたんだよ。それからたまに連絡が来て、会いたいって言うから……仕事が終わった後に待ち合わせて、話をしてた」

そうしてあの子は山田を好きになったのだ。

「いつも暗い顔してんだけど、俺が馬鹿なこと言うと笑うんだよ。俺なんかで気が晴れりゃってその程度のつもりでいたんだ。先週だったかな、俺のことを好きだって言い出して、そりゃお前、勘違いだって言ってやったら、本気だって泣き出した。俺も考えてることはガキだが、向こうはホンマモンのガキだからな。好きと寂しいって感情の区別がつかねえんだなって思ったよ」

山田は紗英の告白を勘違いと言うけれど、そんなの紗英以外の誰にもわかりはしない。それどころか……路彦は紗英の気持ちが手に取るようにわかった。どんな風に山田に惹《ひ》かれて、どんな風に好きになったのか……。

「あいつ、お前に似てんだよ」

山田はぽつりと漏らした。

「女だけどさ、一緒にいると中学の時のお前を思い出すんだ。暗くて、すぐ泣いて、それでいて変に俺に懐いてくるトコとかさ。っていうか、俺なんかに頼ってきてるって時点で、紗英は駄目なんだよ」

「どうして？」

どうしてって……と反芻《はんすう》し、山田は肩を竦めた。

「俺は前科持ちの元ヤクザだぞ。まともじゃねえよ。けどそんな俺にしか頼ってこれないって、どーなんだよ。あいつの周りには、話を聞いてやれるまともな大人がいねえのかよ」

「信二さんはまともだよ」

触れる肩先が少し震えた。

「ちゃんと働いて、自分の稼いだお金で暮らしてるじゃないか」

「……食費はお前が払ってんだろ」

拗ねた声で抗ってくる。

「それぐらい、いいんだよ。僕が信二さんを好きだから」

「そんなの理由になんねえだろ」

路彦は山田の顎《あご》を引き、上向かせてキスした。いつも、何回もキスしているのに、山田はぎこちなく視線を逸《そ》らした。

「僕のこと、好き？」

返事をしてくれないので、もう一回キスした。

「……言わなくてもわかんだろ」

わかっていても、言わせたかった。

「紗英ちゃんのこと、可愛いと思った？」

「……何だよ」

「正直に答えて」

しばらく間を置いて「普通に可愛いだろ」とボソリと吐き捨てる。

「寝たいと思った？」

ガッと頭を殴られた。怒ってベッドを下りようとした山田を引き留めて、上から覆いかぶさる。

「胸を触って、入れたかった？」

「お前、いっぺん死ね！」

路彦は腕の中の体を強く抱き締めた。

「……触るのも、入れるのも僕だけにして」

こっちに嚙みつきそうだった山田の表情が、変わる。

「そういうことをしたいと考えるのは、僕だけにして」

山田はしばらく路彦をじっと見つめた後「もしかしてお前、紗英に嫉妬してたのか？」と聞いてきた。もしかしなくても、そうに決まっている。そんなわかり切ったこと、今更口に出して言われたくなかった。

大学二年の時まで、いつも山田に押し倒されていた。指で後ろを弄《いじ》られていかされたことは何度かあるものの、山田自身を入れられたことはない。自分が山田を抱くようになってからは、押し倒される体勢は初めてだ。

女の子みたいに抱いてほしいとお願いすると、山田は嫌とは言わなかった。キスとか胸を触ったりとか、そういう愛撫はちょっと乱暴だなと思うほどだったのに、後ろを弄る段になると、すごく丁寧になった。慎重に指を増やし、時間をかけてゆっくりとほぐしていく。最初は自分の中に何か入るという感覚が怖かったけど、以前もされていたことだし、慣れてくると、もっと激しくてもいいのにと思ってしまった。

怖いとも嫌だとも言っていないのに、山田は慰めるように何度もキスしてきた。そうしてあそこが痺れるぐらい弄った後で、ようやくそれを……路彦の中に差し入れてきた。硬いものがそこを押し開いてくる瞬間、体が無意識に強張ったものの、ほぐされていたおかげでそこは柔らかく開き、ジェルの助けも借りて山田を迎え入れた。

痛くて泣いてしまう自分も覚悟していたのに、そんなことはなかった。ただ、お腹がいっぱいになる感覚が少し苦しい。

「あ……んっ」

身悶えると、山田が耳許で小さく息をついた。その顔が、気持ちいいというよりも辛そうな表情に見えて、少し切なくなった。

「……僕に入れても、気持ちよくない？」

山田は少し上気した顔で「何だよ」と見下ろしてきた。

「いつもみたいに気持ちいいって顔してない」

苦笑いし、山田は路彦の頭をそろそろと撫でた。

「そういうお前はどうなんだよ。気持ちいいのか？」

腰を前後に軽く揺さぶられて、ズクンとした刺激で上半身がうねった。

「よくわかんない。けど信二さんが中にいるのはわかる」

「そりゃ、お前ん中に突っ込んでるからな」

「そう……なんだけど」

山田が笑い、自分に覆いかぶさってきた。繋がった角度が変わり、違う部分を擦られて太股がビクリと震える。

「……緊張した」

路彦の耳許に、吐息がかかる。

「お前に入れんの、ムチャクチャ緊張した」

路彦は重なってくる体、背中に手を伸ばした。

「僕がしてる時は平気なのに？」

「それとはちげーんだよ。何でかな……俺、お前ぐらい好きな奴とやったことねえから、だから緊張すんのかな。じっとしてたら、ちょっと慣れてきたけど」

山田がゆっくりと動き出す。両足を抱えられ、熱い棒が抜き差しされる。直接的な刺激に、路彦は嬌声《きょうせい》を上げた。えぐるように中を擦られ、気持ちいい部分を容赦なく突かれる。我慢できなくて、路彦は早々に射精した。タイミングが合わなくて、山田は路彦がいった後も中をしつこく探り続け、んっ、んっと息を詰まらせる。

「もっと乱暴にしていいよ」

そう言っても「お前、初めてだしな」と、動きは変わらない。どうにも焦れったくなって、路彦は山田の両腰を摑んで、自分に強く引き寄せた。

「あんっ」

山田がどっちが抱かれているかわからない甘い声を上げ、路彦は激しくそそられた。尻をきつく揉《も》み上げると、中に入っている山田もブルッと震える。

今日は自分が抱かれる側なのに、鳴かせたいという思いが込み上げてくる。路彦は腹に放った自分のもので右手の指を濡らすと、山田の双丘の狭間《はざま》に差し入れた。

「おっ、おいっ！」

山田の声がひっくり返った。引こうとする腰を押さえて、窄《すぼ》まりをこじ開ける。

「ケッ、ケツを弄るんじゃねえ！」

「したい。させて」

「今日は俺がやる番だろうがっ！　お前はおとなしくし……あっ」

指に感じたのか、自分の中にいる山田がグッと太くなるのがわかった。

「あっ、あっ……」

指を増やして中をかき混ぜ、感じる部分を押してやると、山田は「ひっ、あんっ」と喘ぎ声が止まらなくなった。路彦の中に差し込んだそこを、モゾモゾと左右に揺らす。

「信二さん、もっと動いて」

「こっ、こんなんじゃ……むっ……無理……無理……」

抱いてくれる体がろくに動かないので、山田の後ろを弄りながら、自分で腰を揺さぶった。

「ひいっ……あああっ……あああっ」

山田が嬌声を上げ、路彦の上にべたりと倒れ込んだ。兎《うさぎ》みたいにプルプル震えている。少し体をずらすと、自分の中から山田がズルリと抜けた。路彦は震える山田を仰向《あおむ》けにした。期待している眼差しを受けて、キスする。深く舌を絡めながら山田の両足を抱え、望まれているであろうそこに、興奮して猛る自分を差し入れた。

「ひいっっ」

品のない声で山田が喘ぐ。さっきはイクまでに時間がかかったのに、入れられたら路彦が少し動いただけで勃起した。キスしながら何度も突き上げる。山田は「ああん、ああん」と子猫みたいに鳴きながらしがみついてきて、もっと深く繋がろうとするように路彦の背中で両足を絡めた。

「あっ、いいいっ……いいっ……」

譫言《うわごと》のように耳許で囁く。何度も突き上げ、キスして、その中に放つ。シーツも体もドロドロになるまで抱き合い、疲れ果てて眠りについた。

夜も食べずに延々と愛し合っていたせいか、朝の五時と早朝にお腹が空いて目が覚めた。山田は眠っていたけど、空腹を紛らわすように乳首を吸っていたら起こしてしまった。

「……あっ……んっ……路彦？」

声は昨日の余韻で掠《かす》れて甘い。路彦は親指で飾りのような粒を愛撫しながら、可愛い喘ぎを全て飲み込んだ。興奮が去っても山田を抱き締めたままで、口が寂しくなったらすぐにキスした。

「……紗英ちゃんに会ってもいいよ」

山田の体が震えるのが、抱いている体にダイレクトに伝わった。

「そのかわり、会った時は僕に話して。優しくするのはいいけど、絶対にその気にならないで。どんなに好きって言われても、なびかないで。僕のほうが何倍も好きって言ってたって、思い出して」

なびくかよ、と山田は泣きそうな顔で俯いた。

「お前は男だし、頭いいし、ちゃんと働いている。紗英のほうが弱っちくて、一人じゃ駄目なのかもしんねえって思うんだよ。ひょっとして、俺は紗英についててやったほうがいいんじゃないかって、そんな気もしてさ。けど俺は……」

体の向きを変え、山田が正面からしがみついてきた。

「お前と別れんのは嫌だ」

子供みたいな口調だった。

「捨てられるのも嫌だ」

山田の目からぽろりと涙が零れる。路彦は塩辛いそれを唇でそっと吸った。

「絶対に別れないから。絶対に捨てないから。一生傍にいるから」

大人にはほど遠い、子供の戯れ言みたいな言葉を、怖いぐらい真剣に繰り返す。誓いを立てるようにキスしてたら、二人のお腹が空腹の大合唱を始めて、笑ってしまった。

山田がベッドを下り、クローゼットを開ける。そしてあの水色のリボンがかかった箱を手に戻ってきた。

山田はリボンを無造作に解く。中には小さなチョコが二つ入っていた。そのうちの一つを摘《つま》んで、路彦の口に押しつけた。

「僕はいいよ。紗英ちゃん、きっと信二さんに食べてほしいんだと思うから」

「かまわねえよ。本当は返そうと思ってたんだ。けど断れなくてな……」

二人で一つずつ食べた。チョコは想像していたよりも甘くなくて、ほろ苦い。口直しみたいにキスをしたら、恋人の口の中も自分と同じでちょっぴり苦かった。

END

月に笑う 大晦日編

大晦日《おおみそか》の夜、良太《りょうた》の家をあとにしたのは、午後九時過ぎだった。

「兄ぃ、泊まっていったらどうですか。みっちゃんも今晩は実家のほうに帰ってんでしょ」

良太はそう言って引き留めてくれたが遠慮した。飯《めし》を一緒に食わせてもらったのに、その上更に泊まるとなるとどうにも厚かましい気がしたからだ。

家の中にいる間はわからなかったが、外は息が凍るほど冷たい。雪が……大嫌いな雪が、チラチラと降っている。山田信二《やまだしんじ》はブルゾンのポケットに両手を突っ込み、暗い夜道をぶらぶらと歩いた。初詣の輩《やから》だろうか、車は意外に多い。

三十分ほど歩き、全身が冷え切った頃に古ぼけた我が家が見えてきた。立て付けの悪い引き戸を開けて中に入ると、外と同じぐらい暗く、冷え切っていた。

居間に上がり、真っ先に石油ストーブに火をつける。炬燵《こたつ》の電源を入れて足を突っ込んだが、温かくなるまでに時間がかかる。ブルゾンが脱げない。観る気もないのにテレビをつける。炬燵のテーブルに顔をぺたりとくっつけて、賑《にぎ》やかでやたらと響くテレビの音を聞くともなしに聞いた。

今年の年末は、路彦《みちひこ》と一緒にここ、地元に帰省した。奴は父親と折り合いがよくないらしく、実家に帰るのを躊躇《ためら》っていた。「生きてるから親孝行できるんだぞ」と諭《さと》すと黙り込み、最終的に自分も田舎の家に帰りたいからと切り出すと、渋々帰省を承知した。今頃、親と一緒に同じ番組を観ているかもしれない。

視線の先に隣の部屋が見える。早々に布団が敷かれているのは、路彦が昼間のうちに準備していったからだ。思い出すと、クッと笑いが込み上げてくる。帰ってきたのは昨日だったが、路彦はこの家に来ると何よりも先に掃除を始めた。付き合わされて窓を拭きながら、本当にこいつは嫁さんみたいだなと思った。それに加えて、買い出しだ何だとバタバタしていたせいで、感傷に浸る間もなかった。

田舎の家に電気と水道が通っていることを路彦は不思議がっていた。引っ越す際、諸々を停止する手続きが面倒で、基本料金だけで小額だから口座から引き落としにしていると言ったが、本当は違う。いつでも帰ってこられるよう、逃げ場を残しておいた。……上京する前は、路彦との同居が上手くいくとは思っていなかった。

他に帰る場所がないから、父親が祖父母から引き継いだボロ家を確保しているだけで、この家にいい思い出はない。父親に叩かれてあそこの柱で頭をぶつけたなとか、湯飲みに入っていた茶を顔にぶちまけられたとか。酒飲みで暴力的、手のつけられなかった父親が玄関先で酒瓶を抱いて死んでいた姿がフッと脳裏を過《よぎ》り、目を閉じた。

後悔はしない。もう少し早く家に帰ってきていたらとか……そんなこと考えたって、今更どうにもならない。

音が煩《わずら》わしくなってきて、テレビを消す。コチコチと壁時計の秒針が耳につく。止まっていたのに、路彦が電池を入れ換えた。

部屋の中は暖まってきている。それなのに寒い。ひどく寒くて、寂しい。

明日の朝になれば、路彦が戻ってくる。一緒に初詣《はつもうで》に行こうねと言っていた。チラと時計を見る。……寝てしまえばすぐ朝になる。

東京で暮らし始めてから、このテの寂しさを感じることはなかった。職場はワイワイと賑《にぎ》やかだし、家に帰れば路彦がいる。一人でいる時間は殆どない。

人が、人に寄りかかって生きていることぐらい知っている。けど今の自分は、前の自分よりも確実に弱くなっている。この家の中に一人でいると、今の自分の傍《かたわ》らに当然のようにあるものが、当たり前ではないんだと教えられている気がする。

炬燵から出て、台所に入る。父親の生前からある古い型の冷蔵庫からビールを取り出し、つまみ用に買ってあったさきいかの袋を摑《つか》む。ビールを胃の中に流し込み、固いイカをかじる。酔って寂しさを紛らわせようとしたのに、余計に切なくなってきて、目尻に涙が滲《にじ》んだ。

「何で誰もいねーんだよっ！」

怒鳴りながら、飲みながら、グダグダになって炬燵の中で眠りについた。

……体が揺れる気配で目を覚ます。ゆらゆら揺れて、落ちる。柔らかいものの上に。目を開けると布団の上で、自分に覆いかぶさる暗い影があった。

「目、覚めた？　寝るならせめて布団に入りなよ。炬燵で寝たら風邪引くよ」

路彦の声がする。

「……何時」

掠《かす》れた声の問いかけに「十一時四十五分」と返事がある。

「戻ってきてよかった。ストーブつけっぱなしで寝てたからギョッとしたよ。この家、隙間だらけだけど、下手したら一酸化炭素中毒になるよ」

「……あぁ……」

「ああじゃない」

頭をペンと軽く叩かれる。

「何で……戻ってきたんだよ」

山田は蛍光灯の眩《まぶ》しさに目を細めた。

「気になったから」

「ストーブが？」

路彦はため息をついた。

「信二さんが寂しがっているような気がしたから」

胸が震える。どうしてこの男は自分の考えていることがわかるんだろう。

「……ってね。本当は僕がこっちに来たかったんだ。実家、やっぱり居心地《いごこち》悪いし」

路彦も、隣に寝転んでくる。傍らにやってきた体にしがみついた。人の形と、熱。隙間もないほどしがみつく。あやすように背中を撫でられて、ホッとすると同時に、また涙が滲んできた。

唇を探して、かじりつく。泣いてほしがると路彦は「酔っぱらってるの？」と聞いてきた。

返事はしない。けど何も言わなかったら、きっとそういうことになる。それでいい。こんなに寄っかかっていると気付かれたくない。自分が情けない男だというのは嫌というほど見てきてるだろうが、その上があるなんて知られたくない。

「酔っぱらってる信二さん、可愛いな」

囁《ささや》く男を心底アホかと思うが、これが自分が好きになった男だ。抱き合ったまま、年を越す。

この家にある憂鬱《ゆううつ》な諸々が、路彦とのしょうもない日常の記憶で早く上塗りされて薄れればいいと、そう思った。

END

◆初出一覧◆

灰の月　／同人誌『月に笑う　惣一編』(2009年12月)掲載
　　　　／同人誌『月に笑う　惣一編2』(2010年8月)掲載
　　　　／同人誌『月に笑う　惣一編3』(2010年12月)掲載
　　　　／同人誌『月に笑う　惣一編4』(2011年8月)掲載
　　　　／同人誌『月に笑う　惣一編5』(2012年4月)掲載

※単行本収録にあたり加筆修正しました。

月に笑う　バレンタイン編　／小説ビーボーイ(2010年2月号)掲載

月に笑う　大晦日編　／サイン会配布ペーパー(2009年12月)掲載

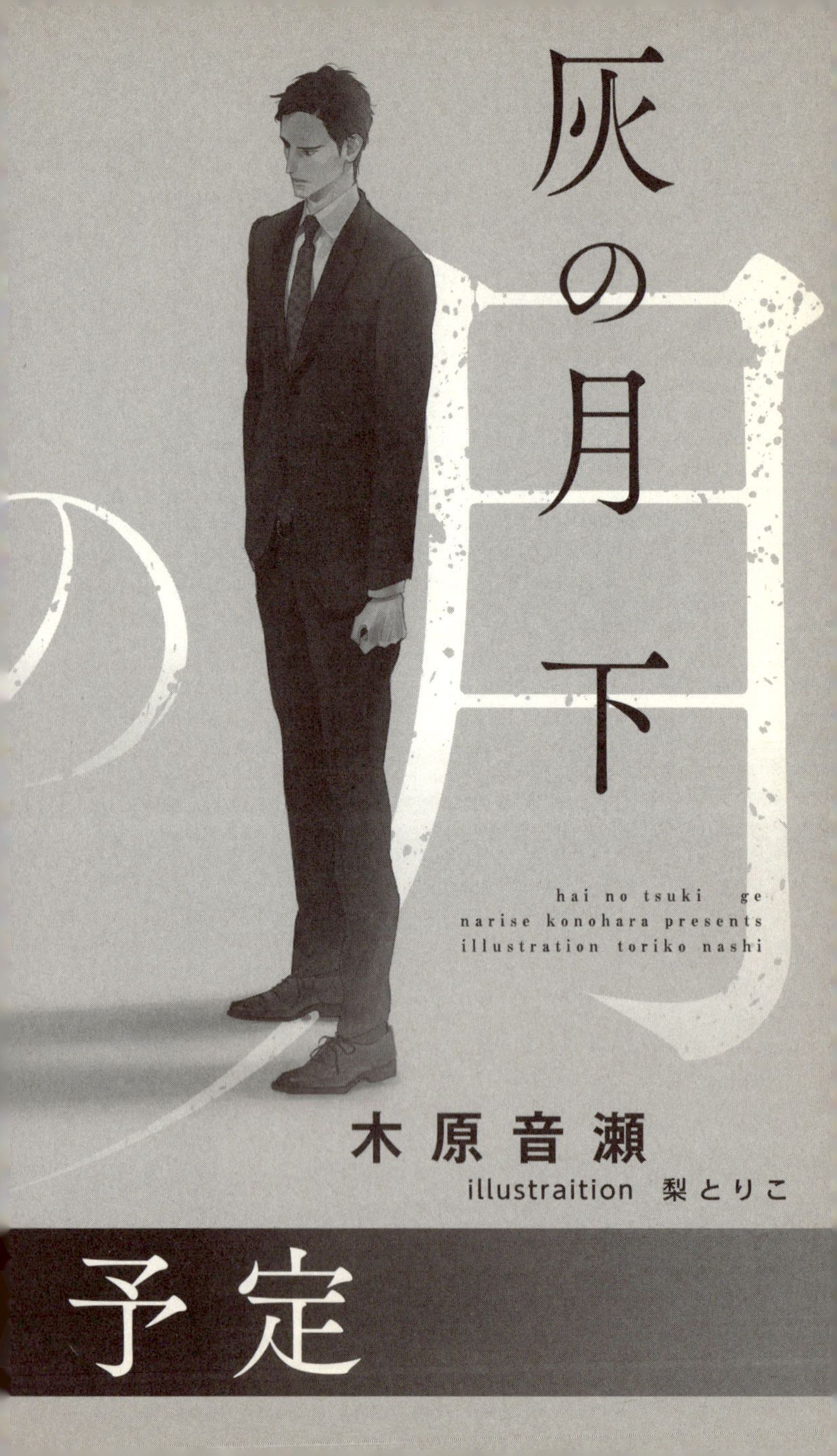
灰の月下
hai no tsuki ge
narise konohara presents
illustration toriko nashi
木原音瀬
illustraition 梨とりこ
予定

B-BOY NOVELS

次巻予告

2年後――。

本橋組組長が倒れ、惣一は組の中心的な存在になっていく。

強いボスを望んでいた嘉藤は、惣一の雌の部分を知りつつも

そんな惣一を見て惹かれていき、再び抱くことになる。

だが惣一は組の抗争に巻き込まれ……。

純愛と快楽と…2人の出した答えは静謐で幸せな未来――。

近日発売

ビーボーイノベルズをお買い上げ
いただきありがとうございます。
この本を読んでのご意見・ご感想
をお待ちしております。

〒162-0825 東京都新宿区神楽坂6-46
ローベル神楽坂ビル4F
株式会社リブレ内 編集部

アンケート受付中
リブレ公式サイト https://libre-inc.co.jp
TOPページの「アンケート」からお入りください。

灰の月 上

2019年2月20日 第1刷発行

著者――木原音瀬
©Narise Konohara 2019

発行者――太田歳子

発行所――株式会社リブレ
〒162-0825 東京都新宿区神楽坂6-46ローベル神楽坂ビル
営業 電話03(3235)7405 FAX 03(3235)0342
編集 電話03(3235)0317

印刷所――株式会社光邦

Printed in Japan
ISBN 978-4-7997-4181-8